Dorota Suwalska

WtajeMniczenI

Czarna wołga. Tajemnica z przeszłości

ilustracje: Marta Krzywicka

Nasza Księgarnia

Rozdział 1

NIEZNAJOMA

Gdybym wiedziała, jakie wynikną z tego komplikacje, nie wiem, czy zagadałabym do tej kobiety. Ale musiałam, po prostu musiałam to zrobić. Siedziała na ławce, wpatrując się w zaparkowane przed blokiem samochody, i nawet przez szybę, z wysokości piątego piętra, wyczuwałam jej... czy ja wiem... smutek? tęsknotę? poczucie straty? To dlatego ta obca kobieta wydała mi się tak bardzo bliska. Bo czułam to samo.

Wiem, że to kiepski początek opowieści kryminalnej, ale co mogę zrobić, skoro tak właśnie się zaczęła. Siedziałam przy oknie, użalałam się nad sobą (a przy okazji nad nieznajomą na ławce) i przeklinałam nasze (to znaczy moje i mamy) przeprowadzki. No dobrze, może nie było ich tak wiele, bo tylko dwie. Ale to i tak o dwie za dużo. Zwłaszcza że zawsze następowały w najmniej odpowiednim momencie.

I właśnie wtedy, gdy nie bez dziwnej przyjemności pławiłam się we własnym żalu, główna winowajczyni (czyli moja mama) zawołała z kuchni:

– Chyba musimy zejść do piwnicy, bo naprawdę nie wiem, co zrobić z tymi wszystkimi szpargałami! A wydawało mi się, że zabrałam z sobą tylko to, co najpotrzebniejsze.

Podkręciłam „hałas" (to określenie mojej rodzicielki), którego właśnie słuchałam, ale mama nie dała za wygraną. Zapukała do drzwi mojego pokoju i nie czekając, aż się jakoś do tego pukania ustosunkuję, zajrzała do środka.

– Serdeńko, sama nie dam rady – westchnęła i zrobiła tę swoją słodko-bezradną minę.

Miałam ochotę odparować, że nie zamierzam pomagać jej w tym całym poprzeprowadzkowym bałaganie, ponieważ wcale nie chciałam wracać do Warszawy akurat wtedy, gdy wreszcie zaczęło mi się układać w Szczecinie. O ile można nazwać tę przeprowadzkę powrotem – wcześniej mieszkałam na Żoliborzu, a teraz wylądowałam na Rakowcu, daleko od dawnych warszawskich przyjaciół.

RAKOWIEC – osiedle dzielnicy Ochota w Warszawie. Obejmuje czworokąt pomiędzy ulicami: Żwirki i Wigury, Grójecką, Banacha i torami linii radomskiej.

Przed przyłączeniem do Warszawy Rakowiec był wsią szlachecką o korzeniach sięgających średniowiecza. Często zmieniał właścicieli. W połowie XVIII wieku księżna Izabela Lubomirska podarowała wieś szpitalowi św. Rocha, którego zarząd w 1761 roku założył na otrzymanym terenie folwark Rakowiec.

Został on (wraz z wsiami Rakowiec i Szczęśliwice) włączony do Warszawy w 1916 roku, czyli podczas pierwszej wojny światowej.

Najgorsze słowa cisnęły mi się na usta. Ale jak mówić te wszystkie niemiłe rzeczy komuś, kto zwraca się do ciebie „serdeńko", robi takie minki i na dodatek jest twoją kochaną mamusią? I wtedy poczułam prawdziwą wściekłość. Nie dość, że jestem zła, to na dodatek nijak nie mogę swojej złości wyrazić.

Wyłączyłam „hałas", zacisnęłam usta i ze skwaszoną miną (moja rodzicielka kilkakrotnie upewniała się, czy wszystko okej) udałam się na rekonesans do piwnicy. Na parterze, przechodząc obok drzwi wejściowych, zerknęłam na ławkę, która była już pusta. W międzyczasie nieznajoma oddaliła się w niewiadomym kierunku i zaniepokoiłam się, że już nigdy jej nie zobaczę. A to wszystko przez mamę i jej nagły zapał do eksplorowania „podziemi" tego pochodzącego z lat siedemdziesiątych dwudziestego wieku „zabytku" z wielkiej płyty. Gdyby to były prawdziwe podziemia i prawdziwy zabytek, mogłabym przynajmniej liczyć, że znajdę skarb, co może osłodziłoby

PODPISY DO ZDJĘĆ I RYSUNKÓW ZNAJDUJĄ SIĘ NA STRONIE 222.

WIELKA PŁYTA – gotowy element konstrukcyjny (tzw. prefabrykat) używany do budowy bloków mieszkalnych i innych budynków.

Idea budowy bloków z prefabrykowanych elementów powstała na gruncie modernizmu, który rozwijał się w architekturze w latach 1918–1975 i zakładał, że o pięknie budynku decyduje głównie jego funkcjonalność. Jej zwolennikiem był m.in. słynny francuski architekt Le Corbusier. Wierzył on w wizję domu jako „maszyny do mieszkania". Bloki z wielkiej płyty miała cechować prostota i użyteczność, a zastosowanie gotowych elementów przyspieszać prace budowlane.

W Polsce boom na wielką płytę przypadł na lata 70. Wtedy też powstała część osiedla zwana Rakowcem III. Betonowe osiedla były odpowiedzią na kryzys mieszkaniowy.

mi trudy sprzątania. Jednak w tej sytuacji żadnych skarbów nie należało się spodziewać.

Nasza piwniczka okazała się niewielką klitką w szeregu innych podobnych klitek zlokalizowanych wzdłuż wąskiego korytarza, na którym dostrzegłam kilka misek z suchą karmą i świeżą wodą. Przynajmniej to na plus. Jak miło, że jest tu ktoś, kto dba o koty. Wyobraziłam sobie sympatyczną starszą panią lub młodą, energiczną aktywistkę którejś z prozwierzęcych organizacji i mimowolnie się uśmiechnęłam, co mama odebrała jako akceptację jej pomysłu na spędzenie popołudnia.

ARTEFAKT – termin stosowany m.in. w muzealnictwie na oznaczenie wszelkich historycznych eksponatów wytworzonych ręką człowieka.

Niewielka przestrzeń naszej klitki była kompletnie zapchana wątpliwej jakości artefaktami typu: słoiki z „prehistorycznymi" przetworami, zakurzone szpargały o bliżej nieokreślonym przeznaczeniu, sterta wypełnionych różnym badziewiem pudełek, powiązane sznurkami roczniki rozmaitych gazet, zwinięty w rolkę przegniły dywan, zdestruowany dziecięcy rowerek o wdzięcznej nazwie Peli-

W latach 70. XX wieku modne i popularne były składaki firmy **ROMET** (m.in. Wigry, Pelikan, Jubilat, Gazela i wiele innych).

Zakłady Rowerowe Romet w Bydgoszczy (wcześniej Zjednoczone Zakłady Rowerowe) powstały na bazie przedwojennych bydgoskich prywatnych firm oraz zakładów mieszczących się poza Bydgoszczą. Było to oczywiście, jak wszystkie duże firmy w okresie PRL, przedsiębiorstwo państwowe. W swoim najlepszym czasie Romet produkował ponad 100 modeli rowerów, motorowerów oraz motorynek.

W latach 90. nastał dla przedsiębiorstwa trudny czas. W wyniku nieudanej prywatyzacji firma ogłosiła upadłość.

Obecnie prawo do marki Romet ma przedsiębiorstwo Arkus & Romet Group, które oprócz rowerów produkuje również motorowery i skutery.

kan, mocno sfatygowany pas nabijany metalowymi ćwiekami itp., itd. Można śmiało powiedzieć, że poprzedni lokatorzy naszego mieszkania (piwnice przyporządkowano określonym mieszkaniom) byli prawdziwymi chomikami.

„KINO" – polski miesięcznik poświęcony twórczości i edukacji filmowej, wydawany od 1966 roku w Warszawie.

W roku 1976 powstały m.in.:

– *Barwy ochronne* – film w reżyserii Krzysztofa Zanussiego, zaliczany do nurtu filmowego zwanego kinem moralnego niepokoju;

– *Blizna* – kinowy debiut Krzysztofa Kieślowskiego;

– *Brunet wieczorową porą* – komedia Stanisława Barei, reżysera, który obśmiewał absurdy PRL;

– *Inna* – ekranizacja powieści dla młodzieży *Inna?* Ireny Jurgielewiczowej;

– *Karino* – kinowa wersja lubianego przez młodego widza serialu telewizyjnego o tym samym tytule;

– *Motylem jestem, czyli romans 40-latka* – film fabularny w reżyserii Jerzego Gruzy, kontynuacja jednego z najpopularniejszych seriali zrealizowanych w PRL pt. *Czterdziestolatek*;

– *Przepraszam, czy tu biją?* – film fabularny w reżyserii Marka Piwowskiego, w którym wystąpili głównie aktorzy amatorzy.

Trzeba jednak przyznać, że wśród tych rupieci było parę przedmiotów, które wzbudziły moje zainteresowanie, a nawet pewną ekscytację. Znalazły się wśród nich: wspomniany już nabijany ćwiekami pasek, rocznik 1976 miesięcznika „Kino" i pudełko, którego zawartość mocno mnie zaintrygowała, ale o tym później.

Mama, z oporami i po spełnieniu przeze mnie rozlicznych warunków typu: odkurzanie, odkażanie, wietrzenie itp., itd., pozwoliła te „skarby" zabrać do domu.

Spędziłyśmy na odgracaniu piwnicy prawie dwie godziny. Moja rodzicielka okazała się doskonale przygotowana do tego arcytrudnego przedsięwzięcia. Zaopatrzyła nas nie tylko w rozliczne zmiotki, worki na śmieci, ściereczki, środki czystości, jednorazowe rękawiczki, lecz także w maseczki przeciwpyłowe. Przy okazji roztaczała „ekscytujące" wizje, jaką to spiżarenkę tutaj urządzi, z czego wywnioskowałam, że zostaniemy na Rakowcu na dłużej. W Szczecinie nie sprzątała piwnicy i nie robiła spiżarnianych planów.

Do moich zadań w tej arcyskomplikowanej misji należało między innymi usuwanie przedmiotów zakwalifikowanych przez mamę jako zbędne, co wiązało się z koniecznością odbycia kilku wypraw w kierunku śmietnika. Podczas jednej z tych ekspedycji natknęłam się na podejrzaną postać. Czemu podejrzaną? No cóż, może ulegam stereotypom, ale przypakowany, wytatuowany gość z ogoloną prawie do zera czaszką nie budził najlepszych skojarzeń. Zwłaszcza że wcześniej przyglądał się naszym piwnicznym działaniom. Nie mam

pojęcia po co. Zauważyłam go, gdy wystawiałam z piwniczki jakąś skrzynkę. Zakurzony artefakt wyśliznął mi się z rąk i narobił hałasu. Gość spojrzał na mnie złym wzrokiem, a potem widziałam już tylko jego szerokie plecy oddalające się piwnicznym korytarzem. Teraz też nie spoglądał na mnie przyjaźnie. W dodatku wpadłam w paranoję, że chce zrobić coś złego wylegującym się przy śmietniku piwnicznym kotom, bo jednego z nich próbował złapać. Byłam gotowa rzucić się na faceta, mimo że był kilkakrotnie szerszy i wyższy ode mnie, ale nagle zrezygnował z polowania i wrócił do bloku. I właśnie wtedy kątem oka znów ją zobaczyłam. Okazało się, że nieznajoma nie tyle znikła, ile przeniosła się na drugą, niewidoczną z mojego okna stronę budynku, gdzie... no zgadnij-

cie, co robiła? Siedziała na ławce i... patrzyła na zaparkowane samochody z tą samą ponurą miną. Przez chwilę toczyłam ze sobą wewnętrzną walkę. Wrócić do bloku i śledzić „podejrzanego" czy spróbować zawrzeć znajomość z tajemniczą kobietą? Ostatecznie wybrałam to drugie. Nie mogłam przegapić takiej okazji. Jak gdyby nigdy nic, przysiadłam na ławce. Problem w tym, że nie miałam pomysłu, jak zagadać. Ostatecznie wybrałam najbanalniejszy z tekstów.

– Ale pogoda!

Nieznajoma nie zareagowała.

– Jakoś... ponuro dzisiaj – dodałam rozpaczliwie, choć na niebie świeciło piękne wiosenne słońce. Liczyłam, że tym tekstem wstrzelę się w jej nastrój. I się nie przeliczyłam.

Spojrzała na mnie.

– Prawda, ponuro – westchnęła i znów popatrzyła na samochody. – Czy wiesz, że kiedyś było tutaj bardzo fajne podwórko? A jeszcze wcześniej, zanim wybudowano plac zabaw, mnóstwo fantastycznego błota i kałuż. Prawdziwy raj dla dzieciaków. Dzisiaj za to... parking. – Jeszcze bardziej zapadła się w sobie, po czym nagle się ożywiła, zerwała z ławki pobiegła między auta. – Tu była piaskownica. Jest nawet ślad. Widzisz ten prostokąt? W tym miejscu beton ma inny kolor. Blizna po piaskownicy – podsumowała poetycko. – A tam – znów się ożywiła – drabinki i karuzela. A tutaj graliśmy w nogę. Lubiłam grać w nogę z chłopakami.

– Kurczę – odparłam, bo nie bardzo wiedziałam, jak na to nagłe wyznanie zareagować. – Szkoda podwórka.

Chciałam dodać, że kilkadziesiąt metrów dalej jest całkiem fajny plac zabaw, ale ugryzłam się w język. I chyba dobrze zrobiłam.

– Szkoda – potwierdziła nieznajoma, a jej oczy zwilgotniały.

– Mam na imię Łucja – uznałam, że najwyższy czas się przedstawić – i mieszkam tu od niedawna.

– A ja mam na imię Ania – uśmiechnęła się do mnie – i mieszkałam tu wiele, wiele lat temu.

– Podróż sentymentalna? – spytałam.

– W pewnym sensie. Pełna zawodowych obowiązków. Przygotowuję projekt związany z przeszłością. Moją własną przeszłością. Projekt nosi roboczy tytuł *Spacer po dzieciństwie* – wyjaśniła.

– Spacer po dzieciństwie? Ciekawe.

– To artystyczne przedsięwzięcie, rodzaj happeningu, a zarazem instalacji... Sama nie wiem, jak je sklasyfikować. Chcę opracować... Jak by ci to najprościej wyjaśnić... To będzie rodzaj wycieczki krajoznawczej po miejscach moich dziecięcych zabaw. Moja osobista mapa Rakowca.

Dzięki Bogu, rodzice od najmłodszych lat ciągali mnie po muzeach i wystawach, więc z grubsza ogarniałam podstawowe pojęcia z dziedziny sztuki nowoczesnej, bo inaczej pewno zupełnie bym nie skumała, o czym ta kobieta mówi.

HAPPENING (z ang. „dzianie się", „zdarzenie") to wydarzenie polegające na inscenizacji, w którym przewidziana jest rola przypadku, improwizacja, a często również udział publiczności. Happening może zawierać elementy wielu dziedzin sztuki, np. teatru, muzyki, malarstwa, rzeźby, i często odbywa się w sytuacjach związanych z codziennym życiem.

Twórcą terminu był Allan Kaprow, który swój pierwszy happening zrealizował w 1959 roku.

W Polsce happening spopularyzował Tadeusz Kantor, autor m.in. *Panoramicznego happeningu morskiego* (1967 rok), podczas którego ubrany we frak dyrygent dyrygował falami z ustawionego w morzu podium.

Happeningi często mają kontekst społeczny. Przykładem są m.in. akcje Pomarańczowej Alternatywy, która w latach 80. obśmiewała absurdy życia w PRL.

INSTALACJA to przestrzenna realizacja artystyczna w konkretnej zastanej przestrzeni lub tworząca taką przestrzeń. Twórcy instalacji wykorzystują rozmaite, często nietypowe materiały (np. przedmioty codziennego użytku), a także media takie jak wideo, dźwięk czy internet. Pierwsze tego typu projekty tworzono w miejscach niezwiązanych ze sztuką (np. w opuszczonych budynkach, zakątkach przyrody). Dziś instalacje zwykle umieszcza się w muzeach, galeriach lub przestrzeni publicznej.

Przykładem mogą być *Ziarna słonecznika* chińskiego artysty Ai Weiweia, który wysypał 100 milionów porcelanowych ziaren słonecznika w sali londyńskiej galerii Tate Modern.

Do najbardziej znanych warszawskich instalacji należy projekt Joanny Rajkowskiej *Pozdrowienia z Alej Jerozolimskich*, czyli palma na rondzie de Gaulle'a.

– To fajny pomysł, żeby z własnego dzieciństwa zrobić dzieło sztuki – stwierdziłam i uśmiechnęłam się.

Te słowa jeszcze bardziej przekonały do mnie nową znajomą. Wyznała, że od lat mieszka za granicą. Gdzie? Na stałe niby w Kanadzie, ale jest takim artystycznym nomadą i jeździ po całym świecie, przygotowując różnego rodzaju projekty artystyczne. Od niedawna jest w Warszawie na tak zwanej artystycznej rezydencji, co oznacza, że otrzymała od pewnej fundacji studio (miejsce do mieszkania i do pracy) oraz fundusze na zrealizowanie wspomnianego przedsięwzięcia.

Niestety, w naszą znakomicie rozwijającą się konwersację wtrąciła się mama.

– Łucja! – zawołała przez uchylone drzwi bloku. – Co z tobą? Czekam i czekam.

Przeprosiłam rozmówczynię i wróciłam do mamy, tłumacząc jej (to znaczy mamie), że „inhalacje" zalegającym od lat w piwnicy kurzem zmusiły mnie do tego, by choć przez chwilę odetchnąć świeżym powietrzem.

– A ta pani to kto? – dopytywała niespokojnie moja rodzicielka.

– Czy ja wiem... Wydawała się smutna, więc ją zagadnęłam.

– Ech, ty pocieszycielko strapionych – westchnęła. – No dobra, wracamy szykować naszą spiżarenkę. – Puściła do mnie oczko, na co odpowiedziałam jej krzywym uśmiechem.

Mimo wszystko humor mi się nieco poprawił. Byłam pewna, że jeszcze kiedyś spotkam panią Anię. Skoro przygotowuje tu projekt, z pewnością będzie wracać na Rakowiec.

Rozdział 2

SKARBY

Niestety, przeliczyłam się w swoich nadziejach. Moja tajemnicza rozmówczyni znikła. Przez kilka kolejnych dni wypatrywałam jej charakterystycznej szczupłej sylwetki z burzą niefarbowanych siwiejących włosów. I nic.

Sama nie miałam pojęcia, czemu tak bardzo zależało mi na ponownym spotkaniu. Dziś myślę, że to przez wrodzoną skłonność do pakowania się w kłopoty, ze szczególnym uwzględnieniem kłopotów o charakterze kryminalnym. Podobno już jako niemowlę miałam osobliwy talent do tego, by znaleźć się w nieodpowiednim czasie w nieodpowiednim miejscu. W rodzinie do dziś krąży opowieść, jak to jeszcze będąc w wózku, podczas spaceru niby przypadkiem upuściłam grzechotkę prosto pod nogi pędzącego młodzieńca, który potknął się o nią i ratując przed wyrżnięciem głową w wybetonowaną alejkę, wypuścił z dłoni... damską torebkę. Nie muszę chyba dodawać, że młodzieniec ów nie uprawiał joggingu, a torebka nie była jego własnością.

W przedszkolu wplątałam się w poważniejszą aferę. Pamiętam, jakby to było dziś. Wszystkie dzieciaki z wielkim entuzjazmem wyrywały sobie z rąk zabawki na kolorowym

dywaniku, tylko ja, całkowicie obojętna na te rozgrywki, gapiłam się przez okno. Jakbym nie miała nic lepszego do roboty i... jakbym na coś czekała. Dokładnie pamiętam to nieokreślone uczucie wyczekiwania, kiedy to z zaangażowaniem godnym lepszej sprawy wpatrywałam się w znajdujący się naprzeciwko okna przystanek autobusowy, a konkretnie w stojącego pod wiatą przypakowanego gościa, który też zdawał się na coś czekać. I doczekał się. Na przystanek podjechał czarny samochód, do którego kark został bezceremonialnie wciągnięty. Narobiłam rabanu i choć początkowo nikt nie chciał uwierzyć w moją opowieść, okazało się, że miałam rację i nic mi się nie przywidziało. Przypakowany gość został porwany. Chodziło o jakieś porachunki gangsterskie. Występowałam nawet w charakterze świadka. Nawiasem mówiąc, kark, którego spotkałam w piwnicy, przypominał trochę porwanego gangstera.

Spotkało mnie jeszcze kilka innych podobnych zdarzeń. Potem zdawało się, że moja kłopotliwa skłonność do pakowania się w kryminalne historie minęła. Ot tak, sama z siebie.

Aż do ostatnich wakacji, kiedy to, nie rozumiem dlaczego, zwróciłam uwagę na mało atrakcyjny obrazek wiszący w domu gospodarzy, u których wraz z przyjaciółmi (Michałem, Majką i Maksem) spędzałam lato. I w ten sposób wplątałam nas w aferę związaną z międzynarodowym przemytem nielegalnie pozyskiwanych dzieł sztuki. Niestety, skutkiem ubocznym tej afery i w ogóle minionych wakacji jest to, że jeden z moich przyjaciół przestał być moim przyjacielem, a może raczej to ja przestałam być jego przyjaciółką. Ale... nie o tym przecież miałam pisać, tylko o nowej znajomej. Jak już wspomniałam, ślad po niej zaginął. Czyżby kolejne porwanie? Byłam gotowa dzwonić na policję. Serio! Ale co im powiem? Że zamieniłam kilka słów z pewną kobietą, której potem już nie udało mi się spotkać? To głupie. Postanowiłam więc przestać myśleć o domniemanym porwaniu i zająć się codziennością, czyli nową szkołą, urządzaniem spiżarenki oraz spotkaniami z tatą.

Jeśli chodzi o nową szkołę, to dzięki doświadczeniom z poprzedniej przeprowadzki radziłam sobie całkiem nieźle. Tak przynajmniej uważała mama i muszę przyznać, że z zewnątrz mogło to tak wyglądać. Ja widziałam to nieco inaczej. Prawdą jest, że z nikim nie miałam na pieńku, ale też nikt nie odwiedzał mnie w domu. I choć byłam już na jednej imprezie, to czułam, że zaproszono mnie ze zwykłej uprzejmości. I ciekawości. Żeby sprawdzić, co to za numer ta nowa, która zmieniła szkołę pod koniec drugiego semestru. Wręcz czułam, że wietrzą w tym aferę.

Prawdę mówiąc, sama trzymałam ludzi z klasy na dystans. Byłam wśród nich i jakby mnie nie było. Weszłam w wygodną rolę nieszkodliwego odludka. Może to i dobrze. Jeśli człowiek się do nikogo nie przywiąże, to potem rozstanie nie będzie tak okropne. Z drugiej jednak strony nie ukrywam, że czasami cholernie uwierała mnie ta moja obcość.

Co do taty, to odkąd wróciłyśmy do stolicy, widywałam się z nim częściej. Zaliczyliśmy już kino, wypad do bardzo fajnej wegańskiej knajpki, wizytę w Muzeum Warszawy, zakupy w centrum handlowym i kilka spacerów.

Moi rodzice rozwiedli się jakiś czas temu. Mama i ja, jak już wiecie, wyprowadziłyśmy się na drugi koniec Polski (o ile mieszkając w centrum, można czegoś takiego dokonać). Podobno mama, dziwnym zbiegiem okoliczności, akurat po rozwodzie dostała świetną pracę w Szczecinie. Tata został w Warszawie – ze względu na dawną pracę i... nową żonę. Po dwóch latach mama nieoczekiwanie postanowiła wrócić do stolicy (w tym jakże niefortunnym momencie, czyli pod koniec roku szkolnego!) i zacząć wszystko od nowa. Dosłownie. Przed wyprowadzką do Szczecina zlikwidowała nasze mieszkanie i teraz musiałyśmy szukać nowego. Los padł na dwupokojowe lokum w bloku na Rakowcu. Ale... wybaczcie, nie będę się na temat rozwodu moich rodziców rozwodzić (he, he, rozwodzić się na temat rozwodu). Znam przyjemniejsze tematy.

WARSZAWA znalazła się pod zaborem rosyjskim po klęsce cesarza Francji Napoleona Bonaparte w wojnie z Rosją. Księstwo Warszawskie, które powstało po wkroczeniu Napoleona do Warszawy i wypędzeniu Prusaków (wcześniej był tu zabór pruski), przekształcono wówczas w zależne od Rosji, lecz posiadające częściową autonomię Królestwo Polskie z rosyjskim carem jako królem.

Po upadku powstania listopadowego (1830–1831) Polska utraciła autonomię. W 1863 roku wybuchło powstanie styczniowe, którego klęska była przyczyną nasilającej się rusyfikacji.

Na początku XX wieku Warszawę objęły działania rewolucji 1905 roku. W czasie pierwszej wojny światowej Niemcy wyparli Rosjan z Warszawy.

Mimo burzliwej historii okres zaborów był czasem gospodarczego, budowlanego i kulturalnego rozwoju miasta.

Tamtej soboty, jednej z pierwszych spędzonych na Rakowcu, tata, który ma fioła na punkcie historii, postanowił pokazać mi lokalny zabytek, czyli Fort Szcza-M przy ulicy Korotyńskiego, wybudowany jeszcze przez rosyjskiego zaborcę.

Spodziewałam się ponurej budowli, tymczasem ten obiekt militarny z carskich czasów okazał się... położonym na pagórkowatym terenie uroczym parkiem z przystrzyżoną trawą, boiskiem do koszykówki, plenerową siłownią i placem zabaw dla dzieci. Mieszkańcy osiedla (zwłaszcza opiekunowie psów) najwyraźniej chętnie spędzali tam wolny czas, bo wędrując z tatą grzbietem podłużnego wzniesienia, mijaliśmy wielu spacerowiczów.

FORT SZCZA-M (ros. Щ-М)

– jedna z budowli wchodzących w skład Twierdzy Warszawa, zespołu fortyfikacji wzniesionych wokół miasta przez władze Imperium Rosyjskiego w XIX wieku. Decyzję o przekształceniu Warszawy w twierdzę podjęto w 1879 roku z uwagi na niekorzystną dla Rosji sytuację polityczną w Europie. Warszawa była wówczas najbardziej wysuniętym na zachód dużym miastem rosyjskiego imperium. W skład twierdzy weszła też wybudowana po powstaniu listopadowym Cytadela.

Ze względu na oszczędności twierdza zamknęła miasto na stosunkowo niewielkim obszarze, co zahamowało rozwój terytorialny Warszawy na kilkadziesiąt lat.

Nieopodal osiedla Rakowiec w rejonie parku Szczęśliwickiego, znajduje się również fort Szcza-Szczęśliwice.

– Rzecz w tym, że była to budowla ziemna – tłumaczył tata.

– To, po czym idziemy, to dawny wał obronny. Tu znajdowała się fosa – wskazał podłużną nieckę pomiędzy dwoma wzniesieniami – a tam stały dwa betonowe bunkry na amunicję.

Szare budowle, pokryte zielonym nalotem i wypłowiałymi pozostałościami po działalności grafficiarzy, niemal wrośnięte w ziemny wał, były jedynym elementem, który mógł się kojarzyć z militarną przeszłością tego miejsca.

– Fajnie, co? – Tata jak zwykle próbował zarazić mnie entuzjazmem do odkrywania lokalnej historii.

Wzruszyłam ramionami. Zawsze lubiłam historyczne zagadki i ogromnie się cieszyłam, że mogę częściej widywać tatę, ale gdzieś w środku, w jakimś ukrytym zakamarku, tak bardzo ukrytym, że prawie nie byłam w stanie do niego dotrzeć, mieszkał chochlik, który podpowiadał mi, że powinnam się na tatę złościć.

– Wiesz – tata nagle spoważniał, jak gdyby wyczuł mój nastrój – tak sobie myślę... – zawahał się – ...że nie jest ci łatwo...

Poczułam nieprzyjemny ucisk w brzuchu. Prawdę mówiąc, wolałam, jak mówił o zabytkach Rakowca. To był bezpieczny temat, który ani mnie grzał, ani ziębił, co najwyżej przyjemnie zaciekawiał. I tego właśnie dziś potrzebowałam. Odpocząć od problemów, a nie o nich gadać. Kompletnie nie miałam ochoty na rozkminianie trudnych spraw. Zwłaszcza z tatą.

– Tyle zmian w ciągu tych ostatnich lat – ciągnął. – Trudnych, ale... – zamilkł na chwilę – w życiu zdarzają się też dobre zmiany, choć... mogą się nam początkowo wydać... no, powiedzmy... niełatwe do akceptacji, dopiero potem... – plątał się – i właśnie chciałbym z tobą o czymś...

– Hej! Hej! – Wynurzenia taty przerwał dobrze mi znany energiczny głos.

Wierzchem dawnego wału obronnego, zamienionego obecnie w alejkę spacerową, pędziła, powiewając potarganymi blond lokami, Majka (do kogoś takiego jak ona wał obronny pasuje zdecydowanie bardziej niż alejka dla spacerowiczów). Za Majką podążał drobny i nieduży Maks, zwany również Mini (czujecie tę grę słów?), który równocześnie sprawdzał coś w smartfonie. A na końcu peletonu z niepewną miną wlókł się Michał, czyli brat bliźniak blond sprinterki. Michał, zwany również Miśkiem (z uwagi na przyjacielski charakter i pewną, powiedzmy to wprost, pulchność), jest kompletnym przeciwieństwem swojej niespecjalnie empatycznej, ale za to obdarzonej idealną sylwetką siostry. I nie ukrywam, że z tej dwójki zdecydowanie jego wolę. Cóż z tego, skoro od pewnego czasu nie bardzo się między nami układa. Pewno dlatego Misiek szedł tak, jakby nie był pewien, czy ma ochotę dojść do celu (tzn. do mnie). I ja też, prawdę mówiąc, poczułam się nieswojo na jego widok.

Z drugiej strony pojawienie się towarzystwa przerwało wynurzenia taty, co – nie ukrywam – było mi na rękę. Niebezpieczeństwo zostało zażegnane. Obędzie się bez rozdrapywania niezabliźnionych ran.

– Postanowiliśmy zrobić ci niespodziankę i sprawdzić, jak ci się mieszka na nowej chacie i... i w ogóle – wysapała Majka. – Twoja mama powiedziała, że wybrałaś się z tatą na spacer, więc... jesteśmy! TADAM! – zakończyła tryumfalnie, wykonując przy tym jakiś osobliwy i nadzwyczaj zamaszysty powitalny gest.

– Witam drogą chrześnicę! – ucieszył się ojczulek.

Postrzelona Maja to córka chrzestna i ulubienica mojego taty, który bardzo sobie ceni takie ambitne i pewne siebie osoby (ja niestety jestem jej przeciwieństwem). Do tego stopnia sobie ceni, że kompletnie nie dostrzega wad swojej chrześnicy.

Warto w tym miejscu wyjaśnić, że wbrew pozorom nie jesteśmy z Majką i Michałem rodziną. Moi rodzice i rodzice bliźniaków M (czasem tak mówię na Majkę i Michała) to przyjaciele ze studenckich czasów. Od najmłodszych lat spotykaliśmy się więc na różnego rodzaju towarzyskich imprezach, chodziliśmy razem na spacery, jeździliśmy wspólnie na wakacje. Znam ich lepiej niż niektórych członków własnej rodziny i do tej pory mówię do rodziców bliźniaków per „ciociu" i „wujku". Maks dołączył do naszej ekipy nieco później, na etapie przedszkola. Do jego rodziców też mówię „ciociu" i „wujku". Trzymamy się razem od lat, choć dość często się kłócimy. Wydaje mi się, że znajomość z dziećmi przyjaciół naszych rodziców to zupełnie szczególny rodzaj relacji, trochę inny niż przyjaźń z kolegami i koleżankami, których sami sobie wybieramy. Rzecz w tym, że w pewnym sensie to nasi rodzice ich dla nas wybrali. Albo inaczej: wybrali sobie przyjaciół, a my z całym dobrodziejstwem inwentarza dostaliśmy ich dzieci za przyjaciół. Może powinno się na ten rodzaj znajomości wymyślić jakąś specjalną nazwę. Przyszywany brat? Przyszywana siostra? Przyszywany kuzyn? Przyszywana kuzynka? Skoro istnieją przyszywani wujkowie i ciocie, to właściwie czemu nie?

Ale do rzeczy. Uradowany widokiem moich przyszywanych kuzynów (a zwłaszcza chrześnicy), tata po raz kolejny wygłosił monolog na temat Fortu Szcza-M i opowiedział, jak to się stało, że dawna wieś Rakowiec stała się częścią Warszawy

DECYZJĘ O WŁĄCZENIU RAKOWCA DO WARSZAWY podpisał w kwietniu 1916 roku niemiecki wojskowy, generał pułkownik Hans Hartwig von Beseler, ówczesny generalny gubernator okupowanej przez wojska niemieckie części Królestwa Polskiego (przed wybuchem pierwszej wojny światowej był tu zabór rosyjski). W ramach tworzonego wówczas planu Wielkiej Warszawy przyłączono 82,1 km² terenów rozległych przedmieść, a powierzchnia miasta wzrosła ponadtrzykrotnie.

Po odzyskaniu przez Polskę niepodległości Rakowiec przeszedł pod zarząd miasta Warszawy, a potem przejął go miejski zarząd Administracji Gospodarstw Rolnych i Leśnych (AGRiL), który prowadził tutaj wzorcowe gospodarstwo rolne. Budynki folwarku istniały jeszcze w latach 70. XX wieku, choć budowę osiedla Rakowiec zaczęto już w latach 30. XX wieku.

(całkiem ciekawie, trzeba przyznać). A potem zapowiedział kolejną (tym razem wspólną) wycieczkę krajoznawczą po osiedlu. Po czym rozeszliśmy się w dwie różne strony. To znaczy tata wrócił do swojej nowej żonki, a my udaliśmy się do mnie „na chatę".

„Na chacie" było trochę dziwnie. Majka trajlowała, Maks dzielił uwagę pomiędzy nas i smartfona, a Michał i ja siedzieliśmy z ponurymi minami, czego ani Maks, ani Majka zdawali się nie dostrzegać.

– A jak tam Jacek? – spytała ni z gruszki, ni z pietruszki Majka, eteryczna blondynka o manierach słonia w składzie porcelany.

Nie mogła strzelić większej gafy. O wszystkim mogłabym w tym momencie rozmawiać, nawet o rozwodzie rodziców, tylko nie o Jacku!

Michał zrobił się całkiem czerwony i ja też poczułam gorąco na twarzy. I właśnie wtedy wpadłam na pomysł, żeby pokazać im znalezione w piwnicy pudełko. Chciałam jakoś odwrócić uwagę Majki od niewygodnego tematu, a przy okazji rozbawić i udobruchać Michała. Skąd mogłam wiedzieć, do czego to doprowadzi?

Teoretycznie moja ponadprzeciętna (jak twierdzą niektórzy) intuicja powinna była wysłać mi sygnał: „Uwaga, problemy!". Najwyraźniej jednak coś w tej kwestii nie zatrybiło.

– Spójrzcie, co znalazłam podczas porządków w piwnicy. – Starałam się nadać swojemu głosowi jak najbardziej entuzjastyczne brzmienie.

– Pudełko jak pudełko. – Maks się skrzywił, spoglądając z niesmakiem na zbutwiały miejscami karton.

– Patrzcie, co jest w środku. – Otworzyłam pomalutku wieczko, starając się stworzyć nastrój tajemniczości.

– O rany, bursztyny! – zawołała Majka, wyciągając słoik pełen przykurzonych złocistych grudek.

Uff! Niebezpieczeństwo zostało zażegnane. Majka zapomniała o swoim pytaniu i z wielką ekscytacją na swej, co tu dużo gadać, bardzo ładnej twarzy oglądała pod światło złociste bryłki.

– Znowu będziesz szukać Bursztynowej Komnaty? – spytał kpiąco Maks, nawiązując w ten sposób do naszych przygód z ostatnich wakacji.

– Czemu nie?! – odparła zawsze spragniona nowych wrażeń Majka.

– Niestety, to nie bursztyny – zauważyłam.

– Wyglądają jak bursztyny – oznajmiła moja przyszywana kuzynka.

– Nic dziwnego, ponieważ to jest coś, z czego bursztyny powstają.

– Czyli? – Majka najwyraźniej nie mogła pogodzić się z myślą, że nie trzyma w rękach prawdziwego skarbu. „Bursztynów" w słoiku było naprawdę dużo, a niektóre miały imponujące rozmiary.

– Nie wiesz, z czego powstają bursztyny? – Maks z politowaniem pokiwał głową. – Z żywicy!

– To mi nie wygląda na żywicę, tylko na bursztyny – upierała się Majka.

– To zaschnięta żywica. Myślę, że leżała w tym słoiku trzydzieści, a może nawet czterdzieści lat. Może nawet od początku istnienia tego bloku. Za ileś tam milionów lat będzie bursztynem – wyjaśniłam.

– Za jakieś czterdzieści milionów lat – uściślił Maks, odrywając wzrok od smartfona, w którym właśnie wyszukał tę niezwykle cenną informację. – Ale my tego raczej nie dożyjemy! – Roześmiał się, wielce zadowolony ze swego dowcipu.

Majka wciąż nie wyglądała na przekonaną.

– Sprawdzałam ten niby-bursztyn – dodałam.

– Ciekawe, w jaki sposób?

– Włożyłam go do wody i zamienił się w galaretę.

Nie chciałam zdradzać, że we wczesnym dzieciństwie sama zbierałam takie „bursztyny" z drzew owocowych w sadzie babci, stąd podejrzenia, że „klejnoty" w pudełku pełnym dziecięcych skarbów to nie jest żaden cenny kruszec.

– Może trafiłaś na jakiś trefny?

– Poza tym znalazłam również to. – Wyciągnęłam z pudełka dwa kartoniki, na których wykaligrafowano dziecięcym pismem: „Klub drzewołazów. Legitymacja". Na każdej „legitymacji" widniały również „osobiste dane" właściciela. Jednym z nich był Kot: „bardzo szybko wchodzi na drzewa, posiadacz największej kolekcji nadrzewnych bursztynów" i „wódz" (tak to dosłownie zostało określone). Drugim – Koala: „chodzi po drzewach pomału, ale bardzo dobrze, właściciel średniej, ale bardzo dobrej kolekcji bursztynów". Ponadto na legitymacjach można było zobaczyć całkiem udane (choć niewątpliwie wykonane przez dziecko) rysunki drzew oraz (odpowiednio) wizerunek kota i koali.

To Majki również nie przekonało. Pobiegła do łazienki, by poddać kolejny „bursztyn" testowi wody. Tymczasem Maks, Michał (który wyglądał na nieco udobruchanego) i ja dalej penetrowaliśmy zawartość pudełka. Wyglądało na to, że jego właściciel uwielbiał produkować legitymacje. Znaleźliśmy kolejne dwa „dokumenty", tym razem potwierdzające przynależność do klubu detektywów (gwoli ścisłości – na jednej legitymacji napisane było „dedektyw"). Otóż detektyw nazywał się Sherlock Holmes, a dedektyw Emma Pil. Maks błyskawicznie wykonał internetowe śledztwo, w wyniku którego dowiedział się, że Emma Pil, tak naprawdę Emma Peel, to bohaterka brytyjskiego serialu detektywistycznego z lat sześćdziesiątych, zatytułowanego *Rewolwer i melonik*.

„Dedektywistyczne" legitymacje bardzo nas rozbawiły, zwłaszcza Majkę, która właśnie wróciła z łazienki, trzymając w dłoniach słoik z zanurzonym w wodzie „bursztynem". Od razu poinformowała, że jeszcze się nie rozpuścił.

– Nie wiem, z czego się śmiejecie. – Michał wzruszył ramionami i przypomniał, że podczas ostatnich wakacji sami założyliśmy Tajną Agencję Detektywistyczno-Eksploracyjną. – Ale u nas to było na serio! – oburzyła się Majka. – A to jest jakaś dziecinada. I nie robiliśmy żadnych durnych legitymacji.

W pudełku było jeszcze sporo „skarbów", nie sposób wszystkich opisać: kawałek odpiłowanego uchwytu od kłódki i mnóstwo karteluszków, z których najbardziej zainteresował nas dziwny plan, wyraźnie narysowany przez dziecko. Na niezwykłej mapce zaznaczono między innymi takie miejsca jak: Planeta Marsjańska, Pałac Grzmotów, Wyspa Ludożerców, Równina Lwich Antylop, Górki, Piaski, Cmentarz Zwierząt, Kaczkowe Jezioro i wiele, wiele innych. Było też kilkanaście punktów oznaczonych literką „S", co Majka od razu zinterpretowała jako „Skarb". Oczywiście zapaliła się do poszukiwań, choć jeszcze przed chwilą nazywała właściciela pudełka dzieciakiem. Jedyną rzeczą, która nie pasowała do tej sympatycznej i zabawnej kolekcji, był nakreślony niewprawną ręką obrazek. Na pewno stworzyła go inna osoba niż autor wcześniej opisywanych wizerunków kota i koali. Tamte narysowane były z wyraźnym talentem. Autorowi tej pracy zdolności plastycznych raczej brakowało. Mimo to właśnie ten obrazek zrobił na nas największe wrażenie. Przedstawiał czarny samochód z białymi firankami (?) w oknach. Zza niedomkniętych drzwi płynęły strugi krwi. Nawiasem mówiąc, krwiste plamy wypełniały prawie całą kartkę. Miałam nawet wrażenie, że brunatny punkt w lewym górnym rogu to kropla prawdziwej zaschniętej krwi.

Aż przeszedł mnie dreszcz, kiedy patrzyłam na to ponure „dzieło sztuki". Moim przyjaciołom też chyba zrobiło się nieswojo, bo wszyscy zamilkli. Nawet Majka. A kiedy wreszcie otworzyła usta, wydała z siebie tylko kilka słabo powiązanych ze sobą słów:

– Ja cię... no nieźle.

– Ten dzieciak musiał chyba mieć jakieś problemy emocjonalne albo traumatyczne przeżycia – wymądrzył się nieoczekiwanie Maks, który ostatnio trafił do psychologa, ponieważ zbyt długo (zdaniem rodziców) przesiaduje przed komputerem. Efekt jest taki, że lubi nas czasem zażyć jakimś mądrym naukowym terminem.

Kiedy odprowadzałam przyjaciół na przystanek, okazało się, że Michał zostawił u mnie komórkę. Musieliśmy więc we dwójkę wrócić do mieszkania, co wprawiło nas w wielkie zakłopotanie. Nie chcieliśmy jednak zdradzać się z tym przed Majką i Maksem, którzy postanowili poczekać przed blokiem. Z nieswoimi minami wsiedliśmy do windy, a tych kilka chwil, których potrzebowaliśmy, żeby dojechać na piąte piętro, dłużyło się w nieskończoność. Urozmaicaliśmy więc je błyskotliwymi uwagami typu: „Tak że taaa...", „Hmmm..." „Ciekawe, gdzie ja zostawiłem tę komórkę, chyba w twoim pokoju?".

Poczułam ogromną ulgę, gdy winda wreszcie się zatrzymała. Nawet się nie spodziewałam, że za chwilę znajdę się w jeszcze bardziej kłopotliwej sytuacji. Otóż przed drzwiami mojego nowego mieszkania stała pani Ania i wpatrywała się w nie jak zahipnotyzowana.

Trochę mnie to zaskoczyło, nie ukrywam. Chrząknęłam głośno, żeby zwrócić na siebie uwagę. Nie miałam pojęcia, że zrobię to aż tak skutecznie. Pani Ania na mój widok zbladła i zachwiała się tak mocno, że musiała oprzeć się o ścianę. Jakby zobaczyła ducha. Podbiegłam, żeby ją przytrzymać, a wówczas się ocknęła.

– Ach, to ty, a ja myślałam... Stałaś tak... pod światło – wyrzucała z siebie nerwowo. – Przepraszam, ale muszę na świeże powietrze. – I zanim się spostrzegliśmy, wbiegła do windy, którą przyjechaliśmy.

– Kto to był? – spytał niespokojnie Michał, którego też zatkało.

– Poznałam ją niedawno. Artystka. Robi tu pewien projekt.

– Projekt? Powiedziałbym, że raczej projektuje jakieś włamanie albo jeszcze coś gorszego.

– Gdyby tak było, nie zachowywałaby się tak głupio.

– Racja, zachowała się co najmniej głupio. Tak czy inaczej, mam przeczucie, że knuje coś złego.

– Zdaje się, że to ja zawsze byłam specjalistką od przeczuć – przypomniałam.

– Ale tym razem to ja mam przeczucie i bardzo cię proszę, nie zadawaj się z nią i uważaj na siebie.

Jak widać, nie ma tego złego, co by na dobre nie wyszło. To dziwne spotkanie niewątpliwie na coś się przydało: wreszcie zaczęliśmy rozmawiać.

ZAGINIONA

W drodze na przystanek dyskutowaliśmy na temat zdarzenia przed windą, o którym Michał nie omieszkał opowiedzieć pozostałej dwójce. Choć Majka, prawdę mówiąc, miała inne sprawy na głowie. Szła obok nas w milczeniu, zajęta własnymi myślami.

– Możesz mi zrobić fotę tego planu? – spytała mnie wreszcie.

– Jakiego znowu planu? – zdziwiłam się.

– No, tego z pudełka, z literkami „S".

– Majka będzie szukać skarbów, Majka będzie szukać skarbów! – zaczął podśpiewywać Maks, robiąc głupie miny.

– Odpiórkuj się – zdenerwowała się moja przyszywana kuzynka.

I właśnie w tym niefortunnym momencie przyszedł długo wyczekiwany esemes. Rozpoznałam go od razu, ponieważ dla nadawcy tej wiadomości ustawiłam specjalny sygnał w smartfonie. Nie mogłam się powstrzymać, żeby nie zerknąć na ekran. Tak, to była wiadomość od Jacka.

co u ciebie bo u mnie okej

36

„Jasne, że okej! – zezłościłam się w myślach. – Widziałam przecież na Fejsie twoje zdjęcie z Paulą. A swoją drogą, mogłeś bardziej się wysilić. Kilka nic nieznaczących słów i nawet znaków interpunkcyjnych nie chciało ci się wpisać".

I kiedy toczyłam ten wewnętrzny monolog, poczułam na sobie czyjś wzrok. Podniosłam głowę i zobaczyłam Michała patrzącego na przemian to na komórkę, to na moją twarz. Nasze spojrzenia się spotkały i gwałtownie od siebie odskoczyły. Byłam pewna, że wiedział, od kogo dostałam esemesa. Krótkotrwała komitywa między nami od razu się skończyła.

Do domu, nie ukrywam, wracałam w dość smętnym nastroju. I wówczas znów się na nią natknęłam. Siedziała na ławce, wpatrując się w „bliznę po piaskownicy". Nie zważając na ostrzeżenia Michała, usadowiłam się obok.

– Przepraszam. Wiem, że to mogło dziwnie wyglądać – odezwała się po chwili – ale kiedy tak stałaś na tle okna, pod światło... – Zamilkła. – No wiesz... widać było tylko zarys twojej sylwetki... i wydawałaś się taka do niej podobna...

– Do niej? – przerwałam niezbyt grzecznie.

– Do Moniki, mojej przyjaciółki z dzieciństwa. Chociaż to trochę dziwne, bo kiedy ostatnio ją widziałam, była zdecydowanie młodsza niż ty w tej chwili. Miała nie więcej niż dziesięć lat.

– Okej, rozumiem, że mogę być do kogoś podobna. Miłe, że jest to ktoś, kogo pani lubiła. Nie rozumiem za to, czemu pani się tak gapi... czemu pani tak się wpatrywała w te drzwi?

– Czemu? Bo ona tam mieszkała. Chyba stąd skojarzenie. Zobaczyłam cię niedaleko, pod światło. Też miała takie gładkie ciemne włosy. Więc zobaczyłam cię w tamtym miejscu i mój mózg automatycznie to powiązał... Kurczę, kiedy postanowiłam zrobić ten cholerny happening, nie miałam pojęcia, że to będzie takie trudne... I jeszcze ten sen. Nie uwierzysz, ale przed wylotem do Polski przyśniła mi się Monika. Stała dokładnie w tym samym miejscu, co ty dzisiaj, i też była tak pięknie oświetlona słońcem. Sama więc rozumiesz to skojarzenie...

I zaczęła coś opowiadać o funkcjonowaniu ludzkiego umysłu i o tym, jakie figle potrafi płatać pamięć, ale ja już nie

słuchałam, ponieważ dosłownie mnie zamurowało, gdy zorientowałam się, że mieszkam w tym samym mieszkaniu, co tamta dziewczynka. Cóż za niesamowity zbieg okoliczności!

– Pani Aniu – przerwałam jej – teraz ja tam mieszkam.

– Na piątym piętrze? Domyśliłam się, inaczej po co wysiadałabyś tam z windy.

– Mieszkam w mieszkaniu pani przyjaciółki.

Znów spojrzała na mnie jak na ducha, a potem szybko otarła łzę spływającą po policzku. Czułam jej wzruszenie i jeszcze jakiś dziwny, rozpaczliwy smutek.

– Przepraszam, strasznie się ostatnio rozklejam.

Tego dnia długo rozmawiałyśmy. Dowiedziałam się między innymi, dlaczego nie widywałam jej przez kilka ostatnich dni. Musiała wyjechać na jakąś konferencję artystyczną do Krakowa. Moje przeczucia dotyczące porwania okazały się grubo na wyrost. Jak to często bywa, pomyliłam lęk z intuicją.

I ona też się o mnie czegoś dowiedziała. Opowiedziałam jej, jak okropnie się czuję i jaka jestem zła na mamę, że wyniosłyśmy się ze Szczecina. Akurat teraz!

– Akurat teraz? – spytała.

– Wie pani, był pewien chłopak. Starszy o rok. Grał na gitarze i trenował aikido. Wydawał się taki... dorosły. I właśnie w chwili, kiedy... – Zamilkłam, bo nie bardzo potrafiłam określić, na czym polegała wyjątkowość tamtej chwili. – Więc... więc mama wpadła na pomysł, żeby się stamtąd wynieść, i na dodatek do dziś jest pewna, że mnie w ten sposób uszczęśliwiła.

Pani Ania się uśmiechnęła.

– Pierwsza miłość?

– Nie wiem. Może? Nigdy wcześniej tak się nie czułam. Owszem, podczas ostatnich wakacji pojawiło się coś... Chodzi o Michała, tego chłopaka, z którym widziała mnie pani przy windzie... Słowem... dobrze się dogadywaliśmy, ale... tego nie da się porównać.

Nie mam pojęcia, co mnie naszło, żeby jej się zwierzyć. Może sprawił to ten cholerny esemes od Jacka. A może łatwiej się opowiada takie rzeczy komuś obcemu. Prawie obcemu, bo pani Anna też powiedziała mi coś bardzo ważnego. Coś, co sprawiło, że nie umiałam już o niej myśleć jak o nieznajomej.

– Wiesz, właśnie zrozumiałam, że wróciłam tu z jeszcze jednego powodu – wyznała. – Projekt, o którym mówiłam, jest oczywiście bardzo ważny, ale to tylko pretekst. Zdałam sobie z tego sprawę, kiedy po latach po raz pierwszy usiadłam na tej ławce, w miejscu, w którym spędziłam z Moniką tak wiele czasu... Tak naprawdę chodzi mi o to, żeby ją odnaleźć.

– W sensie? – Nie bardzo załapałam, o co chodzi, choć czułam, że kryje się za tym jakaś bardzo bolesna sytuacja.

– Kiedy miałyśmy... czy ja wiem, może z dziesięć lat, Monika znikła.

– Jak to znikła?

– Była i potem nagle jej nie było. W mieszkaniu pozostał tylko jej tata. Początkowo wypytywałam go, co się właściwie stało. Czy gdzieś wyjechała? Kiedy wróci? Ale on milczał. Wydawał się zbyt przygnębiony, żeby o tym rozmawiać. Więc w pewnym momencie przestałam pytać. Poczułam, że o zniknięciu Moniki nie wolno mówić, że to jakieś tabu, zakazany temat. Może było to dla niego zbyt bolesne? Może... – Pani Ania zamilkła.

– Może co?

– Sama nie wiem... Może pod wpływem traumy przestał radzić sobie z życiem? Pamiętam dzień, w którym ostatni raz zadałam mu pytanie o Monikę. Zapukałam do drzwi i dość długo czekałam, zanim je otworzy, choć po drugiej stronie słyszałam szmery. Miałam nawet wrażenie, że obserwuje mnie przez wizjer. Wreszcie uchylił drzwi. Tylko uchylił, ale i tak zobaczyłam przez wąską szparę potworny bałagan w tamtym mieszkaniu. Dosłownie jakby przeszedł przez nie huragan. Wcześniej to się nie zdarzało. Pan Nowak, a właściwie to wujek Ludwik, bo na bliskich sąsiadów mówiliśmy wówczas per „wujku" i „ciociu", a więc wujek Ludek uchodził wręcz za pedanta. Tak mnie ten widok zaskoczył, że przez chwilę stałam w milczeniu, z otwartą buzią. To on odezwał się pierwszy. „Słucham, Aniu?" – zapytał. „Czy... czy Monika może wyjść się pobawić na korytarz?" – wydukałam. Akurat padało, a w deszczowe dni dzieciaki z bloku bawiły się na korytarzu. To była taka nasza wspólna przestrzeń...

– Przecież pani wiedziała, że Moniki tam nie ma – zdziwiłam się.

– Wiesz, w takich momentach człowiek nie myśli racjonalnie. Zapytałam o to, bo tak pytałam zawsze, zanim Monika zniknęła. Jakbym chciała w ten sposób zaczarować rzeczywistość.

– I co?

– „Moniki nie ma" – odpowiedział mi wujek Ludwik. „A kiedy wróci?" – nie dawałam za wygraną. „Moniki nie ma" – powtórzył i zamknął drzwi. I to była nasza ostatnia rozmowa.

Moja rozmówczyni zamilkła.

– Ostatnia?

– Pan Nowak wkrótce się wyprowadził, a w jego mieszkaniu zamieszkał... Ale to całkiem inna historia – dokończyła, spoglądając na czarną terenówkę, która zaparkowała pod blokiem.

Z auta wychylił się szpakowaty „młodzieniec" w wieku lat pięćdziesięciu paru i pomachał wesoło do pani Ani.

– Oho, na mnie już czas – ożywiła się. – Znajomy z dawnych lat. – Uśmiechnęła się, a potem mocno uścisnęła moją dłoń. – Na pewno się jeszcze spotkamy. Wiesz... naprawdę jesteś do niej podobna.

Podstarzały młodzieniaszek „porwał" moją rozmówczynię, a ja zostałam z tysiącem pytań, których nie miałam komu zadać. Swoją drogą, jak to jest? Fatum czy co? Kolejny czarny samochód w moim życiu. Kolejny i nie ostatni. Podczas rozmowy z panią Anią przyszło do mnie kilka esemesów. Tym razem ich nie odebrałam, zwłaszcza że żaden nie był od Jacka. Za to jeden został wysłany przez Maksa.

nie uwierzysz, ale odjeżdżając z przystanku, zobaczyłem przez okno tramwaju czarny samochód, kropka w kropkę taki sam, jak na tym obrazku. tylko bez krwi. skręcał w stronę twojego bloku. bliźniaki mówią, że mi się przywidziało, ale ON NAPRAWDĘ TAM BYŁ!

Nie bardzo mogłam sobie wyobrazić samochód kropka w kropkę taki sam jak ponury bazgroł znaleziony w pudełku, ale intuicja podpowiadała mi, że Maks pisze prawdę. A może nie była to intuicja? W tym przypadku wystarczyło logiczne rozumowanie. Skoro Maks napisał tak długiego esemesa, to musiał mieć ważny (i niewymyślony) powód. Inaczej by się nie wysilał.

Wieczorem usiadłam do Facebooka, żeby, jak to mama mówi, trochę się odmóżdżyć. Nie żebym była przesadnie facebookowa, ale kiedy czuję się zmęczona nadmiarem wrażeń (jak dziś) lub przygnębiona, to wpadam w taki facebookowy trans. Przeglądam profil Jacka (wiem, że to głupie, ale nie mogę się powstrzymać) albo przewijam swoją tablicę, nie poświęcając specjalnej uwagi żadnemu z opublikowanych postów, i potem jestem zła na siebie, że tyle czasu zmarnowałam. Zatrzymuję się tylko przy informacjach o psach i kotach do adopcji, które staram się w miarę możliwości udostępniać. Skoro marnuję czas, to niech przynajmniej będzie z tego jakaś korzyść dla czekających na dom zwierzaków. Piszę, że w miarę możliwości, ponieważ im częściej klikam w te zwierzaczki, tym więcej postów o bezdomniakach pojawia się na mojej tablicy. Tak to już jest z Facebookiem. Im więcej na coś klikasz, tym więcej tego w twoim facebookowym życiu. Efekt jest taki, że mogłabym nie robić niczego innego, tylko udostępniać, udostępniać i udostępniać psy, koty, porzucone miniaturowe króliki, konie i świnki uratowane z rzeźni... Stosuję więc rozmaite kryteria selekcji. Na przykład publikuję wyłącznie te posty, które mają poniżej dziesięciu udostępnień, żeby dać szansę mniej popularnym zwierzakom, ale w końcu i tak łamię wcześniejsze ustalenia i publikuję na przykład informację o jakimś wyjątkowo zabiedzonym

kotku, który ma ponad setkę udostępnień. Najchętniej sama adoptowałabym zwierzaka, ale mama twierdzi, że na razie nie mamy na to warunków. No cóż, nic dziwnego, skoro człowiek wciąż się przeprowadza. Ale... nie o tym miałam pisać. Tamtego wieczoru nie znalazłam nowych postów na profilu Jacka, skupiłam się więc na bezdomnych zwierzaczkach i po chwili stwierdziłam nadzwyczajną aktywność swojego taty, który wziął sobie chyba za punkt honoru, żeby odnieść się jakoś do każdego z opublikowanych przeze mnie postów. Zalał mnie falą polubień lub wręcz przeciwnie, smutnych buziek wyrażających współczucie dla biednego pieska lub kotka. Zadał sobie nawet trud, by napisać ze dwa komentarze. Tak to już bywa, kiedy masz rodzica na Facebooku. A potem... dostałam od niego prywatną wiadomość. Całkiem długi list, w którym pisał, jak bardzo się cieszy, że widujemy się częściej i że nareszcie przestał odgrywać rolę skype'owego tatusia. Fakt, kiedy mieszkałam w Szczecinie, widywałam się z tatą głównie przez Skype'a, choć trzeba przyznać, że starał się też do mnie przyjeżdżać. Nie zdarzało się to jednak zbyt często, a każda jego wizyta okupiona była ogromnym stresem mamy, której mimo usilnych starań nie udawało się ukryć swojego stanu. Nocą wychodziła na balkon na papierosa (mimo wcześniejszych zapewnień, że rzuciła palenie), czepiała się byle głupstwa i wszystko leciało jej z rąk. Ogólnie rzecz biorąc, atmosfera w domu przed przyjazdem taty była tak gęsta, że jak powiadają, można by ją kroić nożem. Więc sama nie jestem pewna, czy lubiłam te wizyty.

„Co prawda obawiam się, że wszedłem teraz w rolę tatusia świątecznego – kontynuował tata – ale mam nadzieję, że i to się zmieni, bo chciałbym być tatą, który uczestniczy w twojej codzienności, kimś naprawdę bliskim. I obiecuję, córeczko, że żadne nowe okoliczności tego nie zmienią". Nagle poczułam dławienie w gardle. Znałam to uczucie. Nadciągały wzruszenie, szloch (co prawda cichutki) i łzy, których nie byłam w stanie powstrzymać. To bardzo dziwne, kiedy jestem z tatą, czuję złość i ten nieprzyjemny ucisk w klatce piersiowej, a kiedy przysyła mi takie wiadomości (i nie ma go obok), rozklejam się jak dzieciak. Gdy wysmarkiwałam nos, który (podobnie jak moje oczy) wypełnił się łzami, „zaatakowała" mnie przez Messengera Majka.

– Przecież obiecałaś!

– Co niby obiecałam? – zdziwiłam się.

– Jak to co! – oburzyła się. – Zdjęcie tego planu z pudełka.

Sfotografowałam więc ten cholerny plan i jej wysłałam. I znów zawiodła mnie intuicja. Nie przewidziałam, jakie będą tego skutki. Tak to już bywa, kiedy jestem przymulona nadmiarem emocji.

W niedzielę rano obudziły mnie jakieś wrzaski. Wyjrzałam przez okno i zobaczyłam obrazek, który zaskoczył mnie prawie tak samo jak wczorajsze wyznanie pani Ani i wiadomość od taty. Pod blokiem kucała Majka i rozkopywała saperką trawnik, płosząc przy okazji wylegujące się obok koty. Tu należy dodać, że moja niesforna przyjaciółka wybrała sobie szczególny fragment trawnika, porośnięty wyższymi źdźbłami o nieco innym odcieniu. Różnica była na tyle wyraźna, że zauważyłam ją z wysokości piątego piętra. Zwłaszcza

że trawiasty ogródek otoczony był niziutkim drewnianym
płotkiem, obok którego rosły dwa śliczne krzaczki. Nad
Majką na balkonie pierwszego piętra stał... nie kto inny, tylko
wytatuowany nieznajomy z piwnicy. „Gangster" (bo tak go
sobie w myślach nazwałam) miał czerwoną z wściekłości
twarz i wydzierał się na Majkę, z czego ona najwyraźniej niewiele sobie robiła. W tej samej chwili usłyszałam dzwonek.
Narzuciłam szlafrok i podbiegłam do drzwi, zanim dotarła
tam mama. Przeczuwałam, że ma to jakiś związek z sytuacją
pod blokiem. Tym razem intuicja zadziałała bezbłędnie. Za
drzwiami stali zasapani Michał i Maks.

– No, zrób z nią coś, ona szuka skarbów z tym planem, który jej sfotografowałaś, i zaraz zrobi się z tego prawdziwa afera – wysapał Maks.

Chciałam odpowiedzieć, że to raczej Michał powinien coś zrobić ze swoją siostrą bliźniaczką, ale ugryzłam się w język, widząc jego smętną minę.

– Dlaczego ja? – rzuciłam w bliżej nieokreśloną przestrzeń, nie wiadomo do kogo.

– Bo ty tu mieszkasz.

– Ale wy z nią przyjechaliście.

Na szczęście Majkę udało się odwieść od szalonych pomysłów destruowania osiedlowej zieleni, a szkody, które wyrządziła, nic były zbyt wielkie i aferę udało się zażegnać. „Gangster" poburczał trochę pod nosem i zniknął za drzwiami balkonowymi.

Mniej więcej kwadrans później siedzieliśmy nad stawem w parku Malickiego (miejsce to odkryłam podczas jednego ze spacerów). Po gładkiej powierzchni wody pływały kaczki. Gdzieniegdzie, korzystając z ładnej pogody, snuli się spacerowicze, a Majka perorowała, wodząc palcem po planie.

ZASŁAW MALICKI (1908–1994) – architekt, urbanista. Przed drugą wojną światową współpracował przy projektowaniu osiedla WSM (Warszawskiej Spółdzielni Mieszkaniowej) na Żoliborzu w ramach atelier Juliusza Żakowskiego. Pracował też w pracowniach prof. Romualda Gutta, a potem Stanisława Brukalskiego.

Podczas wojny członek konspiracyjnej grupy architektów zajmujących się planowaniem powojennego rozwoju Warszawy. W latach 1954–1956 przebywał jako architekt w Koreańskiej Republice Ludowo-Demokratycznej.

Po powrocie do Polski został generalnym projektantem osiedla Rakowiec. Wraz z Oskarem i Zofią Hansenami oraz Marianem Szymanowskim zaprojektował osiedle dla 3000 mieszkańców, położone między ulicami Pruszkowską, Księcia Trojdena, Adolfa Pawińskiego i Żwirki i Wigury. W centrum osiedla znalazł się park z oczkiem wodnym. Parkowi nadano imię Zasława Malickiego.

– Wszystko rozgryzłam. Ten prostokąt, o tutaj, to jest twój blok.

– A ty skąd to wiesz? – spytał Maks z typowym dla siebie sceptycyzmem.

– Widzisz ten napis? – odpowiedziała z wyrazem tryumfu na twarzy.

– No widzę, to jakieś kompletne bzdury.

Rzeczywiście, wewnątrz prostokąta widniał taki oto osobliwy napis:

KNKAKSKZK KBKLKOKK

– Bzdury, nie bzdury... Siedziałam nad tym pół nocy i odkryłam, że jest to... – Majka zawiesiła na chwilę głos – ...szyfr! – dokończyła tryumfalnie.

– Szyfr? – dalej powątpiewał Maks.

– Zwróciliście uwagę na nadmiar literek „K" w tym tekście?

– A i owszem, zwróciliśmy. – Maks kiwnął głową.

– A zwróciliście uwagę, że pojawiają się one co drugą literę?

– No... faktycznie.

– Wyrzućcie te wszystkie „K", to znaczy oprócz ostatniego, i zobaczcie, co zostanie.

– N a s z   b l o k. Nasz blok – przeliterował nie bez wysiłku Maks.

– No właśnie. To jest nasz... to znaczy twój blok – poprawiła się Majka, zwracając się do mnie. – A dookoła mnóstwo literek „S".

– Czyli że to niby skarby? – Maks się skrzywił.

– Właściwie czemu nie?

– Przecież sama mówiłaś, że to dziecinada.

– Dziecinada albo i nie. Może ktoś specjalnie tak to zrobił. Dla zmyłki.

Po minie Maksa poznałam, że zaczyna się przekonywać do koncepcji Majki. Wtedy wtrącił się Michał z kolejnym kontrargumentem.

– To dlaczego część tekstu na mapce jest zaszyfrowana, a część nie?

– Nie mam pojęcia, może też dla zmyłki. – Majka wzruszyła ramionami.

– Widziałaś, żeby ktoś zakopywał skarb pod blokiem? – nie dawał za wygraną Michał.

– Właściwie czemu nie. Myślisz, że skarby można znaleźć tylko w ruinach? Nie bądź taki stereotypowy – odparowała Majka, zaskakując nas wyszukanym słownictwem.

– Ale przyznasz, że rozkopywanie trawnika saperką to był kiepski pomysł.

– Myślałam, że o tej porze w niedzielę ludzie jeszcze śpią. Ja zwykle śpię. Ale nie dzisiaj.

– I nam też nie dałaś się wyspać. – Maks ziewnął; jak się okazało, z soboty na niedzielę nocował u bliźniaków. – I w dodatku musieliśmy zasuwać nad ranem z Żoliborza na Rakowiec. Nie masz litości. No ale w sumie... jeśli miałoby coś z tego wyniknąć...

– Nic z tego nie wyniknie – ostudziłam zapał przyjaciół – w każdym razie nie to, o czym myślicie. Znam kogoś, kto z pewnością nam wyjaśni, co to za plan i co oznaczają literki „S".

– Kobieta sprzed windy? – Michał był tego dnia wyjątkowo domyślny.

Kiwnęłam głową.

– Nie ufam jej.

– A ja owszem. I wyobraźcie sobie, że mieszkam w mieszkaniu, które zajmowała kiedyś jej przyjaciółka.

– Co z tego? – Maks wzruszył ramionami.

– Ano to, że ta przyjaciółka zaginęła przed laty i pani Ania wróciła, żeby ją odnaleźć.

– Porwano ją! – ożywiła się Majka.

– Mówiłaś, że przygotowuje jakiś projekt – nie dawał za wygraną Michał.

– To też. Robi jedno i drugie.

Maks nagle porzucił koncepcję poszukiwania skarbu i zapalił się do idei szukania zaginionej dziewczynki.

– Zaraz, zaraz... proszę więcej szczegółów – zażądał. – Przede wszystkim... jak się ta zaginiona nazywa.

– Czekaj... zdaje się... Monika Nowak.

– Oj, kiepsko – westchnął Maks, ale na wszelki wypadek wrzucił imię i nazwisko do wyszukiwarki. – Tak jak myślałem, igła w stogu siana. Mogłaby mieć jakieś bardziej oryginalne nazwisko, byłoby łatwiej.

– Myślisz, że pani Ania tego nie próbowała? Przypuszczam, że dziesiątki razy szukała jej w necie. – Wzruszyłam ramionami.

– No tak, racja – przyznał Maks. – Swoją drogą, ciekawe, dlaczego tamta, to znaczy ta zaginiona Monika, nie szukała przyjaciółki sprzed lat, czyli tej twojej pani Ani. Ja na jej miejscu tak bym zrobił. Skoro ta twoja znajoma jest słynną artystką, to nie powinno być problemów z wyszukaniem jej w necie. Może więc tamta nie chciała jej znaleźć. Albo coś jej się przytrafiło? Może nawet… już jej nie ma? To byłoby sensowne wytłumaczenie.

– Przestań! – Wzdrygnęłam się. – Nawet tak nie mów.

– Czekaj, czekaj – ciągnął Maks. – Jak ona ma na nazwisko?

– No przecież już mówiłam.

– Ja nie o tym. Jak się nazywa ta twoja artystka?

– Kurczę. Nie wiem.

– Błąd! Wielki błąd!

– Ale zapytam.

– Nie znasz jej nazwiska? – Michał pokręcił głową.

– A jak się nazywa projekt? – drążył temat Maks.

– To wiem. Nazywa się *Spacer po dzieciństwie*.

Niestety, nie mogłam podać przyjaciołom zbyt wielu szczegółów dotyczących zniknięcia małej Moniki, ponieważ sama ich nie znałam. Ale widziałam, że połknęli haczyk. Nawet Majka uznała, że szukanie zaginionej dziewczynki może być równie interesujące jak poszukiwanie skarbów.

– Moglibyśmy jej, to znaczy tej twojej artystce, powiedzieć, że założyliśmy Tajną Agencję Detektywistyczno-Eksploracyjną i chętnie pomożemy – oświadczyła.

– A nie boisz się, że uzna to za dziecinadę, tak jak ty uznałaś za dziecinadę tamte legitymacje? – odparował Michał, który jako jedyny był sceptycznie nastawiony do pomysłu.

W odpowiedzi Majka tylko wzruszyła ramionami.

– Mam – odezwał się nieoczekiwanie Maks. – Ta twoja artystka nazywa się Anna Nowakowska. A to dobre: Monika Nowak i Anna Nowakowska. Nieźle się dobrały.

– I na dodatek mieszkały na tym samym piętrze – dodałam, przypomniawszy sobie jeszcze jeden szczegół. – Ich ojcowie pracowali w tej samej jednostce wojskowej. – A ty jak do tego doszedłeś? – spytałam, zafrapowana nowym odkryciem Maksa.

– Prościzna. Wrzuciłem w wyszukiwarkę „Spacer po dzieciństwie", „Anna", „projekt" i zobaczcie, co mi wyszło. Fundacja taka i taka... przyznane dotacje... kategoria: sztuki wizualne... Anna Nowakowska, projekt: *Spacer po dzieciństwie.*

Trzeba przyznać, że wszyscy byliśmy pod wrażeniem błyskawicznego internetowego śledztwa przeprowadzonego przez Maksa.

– No to zaraz wszystkiego się dowiemy – uradowała się Majka i zaczęliśmy przeszukiwać sieć wte i wewte: Facebooka, Instagrama i czego tam jeszcze sobie życzycie pod hasłem „Anna Nowakowska, artystka". W kilku językach! Michał jest poliglotą, co okazało się bardzo pomocne. Skutek był niestety mizerny. Kilka informacji o przyznanych dotacjach i to wszystko.

– Widać nie taka sławna ta twoja artystka – mruknął Maks – skoro nawet jej prac nie można znaleźć w sieci. Nie ma swojej strony ani fanpejdża.

– Coraz mniej mi się to podoba. – Michał się zasępił. – Proszę cię, uważaj na nią.

Ostatecznie jednak, wbrew sprzeciwom Michała, ustaliliśmy, że spróbuję nas z panią Anną umówić. Jak się potem okazało, każdy wiązał z tym spotkaniem zupełnie inne nadzieje.

Wieczorem Jacek napisał do mnie na Facebooku. Tym razem wysilił się na nieco dłuższy tekst. Cóż z tego, skoro nie takiej wiadomości od niego oczekiwałam.

Co u Ciebie? Bo u mnie okej. Wczoraj wpadłem z Paulą na imprezę do Karoli. Było super! Pozdrówka od nas wszystkich. Szkoda, że cię tu z nami nie ma.

Co prawda napisał: „Szkoda, że cię tu z nami nie ma", ale nie takiego „szkoda" bym oczekiwała. Raczej: „Szkoda, że cię tu ze mną nie ma". I na dodatek ta Paula, z którą poszedł na imprezę.

Humor jeszcze bardziej mi się popsuł.

Rozdział 4

CZARNA WOŁGA

Jeśli uważacie, że podjąwszy wyzwanie związane z poszukiwaniem zaginionej dziewczynki, Majka zrezygnowała z kariery poszukiwaczki skarbów, to jesteście w błędzie. W poniedziałek po szkole stawiła się pod moim blokiem z wytrząśniętym nie wiadomo skąd wykrywaczem metalu. Tym razem nikt nie miał jej za złe deptania trawnika. Ściemniła, że zgubiła pierścionek, bardzo cenną pamiątkę po babci, i w ten oto superprofesjonalny sposób chce go odzyskać.

Efekty jej wysiłków były równie mizerne co naszych niedzielnych poszukiwań Anny Nowakowskiej w sieci. Znalazła kilka monet i trochę drobnego żelastwa typu kapsle od butelek i spinki do włosów.

Najciekawszym znaleziskiem okazała się moneta dziesię-
ciozłotowa z 1966 roku z orłem bez korony po jednej i Tade-
uszem Kościuszką po drugiej stronie.

ORZEŁ BEZ KORONY to godło Polskiej Rzeczy-
pospolitej Ludowej (PRL), utworzonej po drugiej
wojnie światowej.

Wcześniej (przed drugą wojną światową) funkcjonował wizerunek orła w koronie.

Korona została usunięta z orlej głowy z powodów ideo-
logicznych. Według powojennych władz symbolizowała
monarchię, stanowiła więc element konserwatywny
i reakcyjny, a to było wówczas źle widziane.

Zmiana wyglądu godła stała się elementem propagan-
dy i budowania nowego ustroju w Polsce, która po drugiej wojnie światowej znalazła
się w strefie wpływów totalitarnego komunistycznego reżimu Związku Socjalistycznych
Republik Radzieckich (ZSRR).

Korona wróciła na głowę orła w roku 1989 w wyniku transformacji ustrojowej.
Przywrócono również przedwojenną nazwę państwa – Rzeczpospolita Polska.

TADEUSZ KOŚCIUSZKO (1746–1817), dowódca
i inżynier wojskowy. Urodzony na Polesiu w niewielkim
majątku szlacheckim. Absolwent Korpusu Kadetów
Szkoły Rycerskiej, studiował też na Akademii Malarstwa
i Rzeźby w przedrewolucyjnym Paryżu.

Jeden z dowódców wojny o niepodległość Stanów
Zjednoczonych (inżynier armii amerykańskiej i generał
brygady). Po powrocie do kraju w 1784 roku mianowa-
ny na generała majora wojsk koronnych. Odznaczony
Orderem Virtuti Militari za zasługi w walce z oddziałami
rosyjskimi, które wkroczyły do Polski w 1792 roku.

Po drugim rozbiorze Polski głównodowodzący niepodległościowego zrywu
z 1794 roku, nazwanego od jego nazwiska powstaniem kościuszkowskim.

Walczył o prawa chłopów i czarnych niewolników, był rzecznikiem praw Żydów
i przeciwnikiem zabijania Indian, zwolennikiem równouprawnienia kobiet,
bohaterem Polski i USA. Miejsca pamięci poświęcone Kościuszce można
odnaleźć w wielu zakątkach świata.

Na panią Anię natknęłam się dopiero we wtorek, wracając ze szkoły. Kręciła się po okolicy i robiła zdjęcia – dokumentację do *Spaceru po dzieciństwie*, jak wyjaśniła.

Bez większego problemu udało mi się ją namówić na spotkanie z moimi przyszywanymi kuzynami, tłumacząc, że ogromnie się zainteresowali jej projektem. Nie dodałam tylko, że chodzi im raczej o projekt detektywistyczny niż artystyczny. Trochę głupio mi było tak ściemniać, ale co miałam zrobić. Ogromnie zależało mi na tym spotkaniu. Chciałam ją jakoś uwiarygodnić w oczach przyjaciół, bo bardzo ją polubiłam. Byłam pewna, że jeśli ją poznają, to tak jak ja nabiorą do niej zaufania. Jeszcze głupiej mi było wyznać, że wypaplałam im przynajmniej część treści naszej rozmowy pełnej osobistych wyznań. A bez tego nie miałam pomysłu, jak się wypytać o jej, że tak się wyrażę, nieistnienie w sieci. Byłam jednak przekonana, że te wszystkie niejasności da się logicznie wytłumaczyć.

Tymczasem Maks na samym wstępie bez pardonu zaczął wypytywać o Monikę. Zażądał nawet jej zdjęcia. Ponoć ma jakiś specjalny program do porównywania twarzy. Zrobiło mi się strasznie głupio. Jak już wspomniałam, nie przyznałam się pani Ani, że powiedziałam przyjaciołom o zaginięciu Moniki. Przez chwilę obawiałam się, że uzna to za zdradę z mojej strony. Ale nie. Wścibstwo Maksa przyjęła tak naturalnie, jakby to była rzecz najoczywistsza na świecie. Podobnie jak to, że podzieliłam się historią Moniki z przyszywanymi kuzynami. Naprawdę nie sposób jej nie lubić.

Obiecała przynieść zdjęcia na następne spotkanie, ale nie miała niestety zbyt wiele do dodania na temat zaginięcia przyjaciółki. Jak nam wyznała, szczegóły zatarły się w pamięci, a pozostały jedynie ból, tęsknota i strach związany z tragedią. I jakieś dziwne uczucie, że mówienie na ten temat oznaczało złamanie tabu. Być może dopiero teraz, po blisko czterdziestu latach, dojrzała do tego, by to robić.

Siedzieliśmy w pełnym składzie na jej ulubionej ławce z widokiem na „bliznę po piaskownicy", czując, że coraz bardziej nas ta historia sprzed lat wciąga. Majka szturchała mnie co chwila, ponaglając, żebym pokazała pani Ani pudełko. Tak bardzo chciała się dowiedzieć, co oznaczają literki „S". Wreszcie wyciągnęłam w stronę naszej rozmówczyni zbutwiały karton.

– A to co? – spytała pani Ania.

– Proszę zajrzeć do środka. – Uśmiechnęłam się.

Uniosła wieczko i jej oczy zrobiły się wielkie jak talerze. Po raz kolejny w ciągu naszej krótkiej znajomości miała minę, jakby zobaczyła ducha. Ale tym razem było w tym mnóstwo radości.

– Nie wierzę! – wykrztusiła wreszcie. – Co za znalezisko!!!

I zaczęła wyciągać po kolei „artefakty" i karteluszki. Najpierw słoik pełen złocistych grudek.

– Kolekcja bursztynów! – uradowała się.

– A nie mówiłam? – podchwyciła Majka.

– To znaczy to były takie udawane bursztyny. Uwielbiałyśmy łazić po drzewach. Zbierałyśmy żywicę, a potem ją suszyłyśmy. Zwłaszcza ta z drzew czereśniowych świetnie się nadawała, dlatego nazywałyśmy je drzewami bursztynowymi. Była nawet między mną a Moniką swego rodzaju rywalizacja, która ma fajniejszą kolekcję.

– A nie mówiłam? – odgryzłam się Majce, która, jak się później okazało, ukryła przede mną fakt, że poddany testowi wody bursztyn się rozpuścił. Tak bardzo nie chciała przyznać się do przegranej.

Usłużnie podsunęłam pani Ani legitymację drzewołazów.

– O rany, kompletnie nie pamiętam, że coś takiego zrobiłyśmy. Ale fajnie. – Wpatrywała się z zachwytem w pożółkłe karteluszki.

– Kim pani była? Kotem czy koalą? – spytałam.

– Kotem. Generalnie byłam wtedy chyba trochę dominująca, Monika miała łagodniejszy charakter. Niektórzy mówili na nią Motylek, ale to przezwisko do drzewołaza nie pasowało. Poza tym Monika nie bardzo je lubiła.

– Czemu? – zdziwiła się Majka. – Wydaje się całkiem przyjemne.

– Pamiętam za to – ciągnęła pani Ania – że zrobiłyśmy legitymacje detektywów.

– Te? – Wyciągnęłam z pudełka dwa następne kartoniki, co wywołało u naszej rozmówczyni kolejną falę entuzjazmu.

Okazało się, że pani Ania była Emmą Pil (a właściwie Peel). Fascynowała się wówczas bohaterką serialu *Rewolwer i melonik*, stąd pomysł, by przyjąć ten pseudonim, Monika zaś zaczytywała się w przygodach Sherlocka Holmesa.

– A dlaczego tu jest napisane „dedektyw"? – drążyła Majka.

Pani Ania podrapała się po głowie.

– No cóż... Nie mogłyśmy dojść do porozumienia w kwestii pisowni tego słowa, dlatego każda podpisała swoją legitymację, jak chciała. Dziś widać, kto miał rację. – Roześmiała się. – A to – wyciągnęła kawałek odpiłowanej kłódki – nasz pierwszy dowód rzeczowy. Pamiętam, że było włamanie do piwnicy. Postanowiłyśmy przeprowadzić własne śledztwo i znalazłyśmy ten właśnie oto niezwykle cenny przedmiot. – Znowu się roześmiała. – Próbowałyśmy nawet przekazać go badającym sprawę milicjantom, ale ku naszemu wielkiemu rozczarowaniu nie wykazali przesadnego zainteresowania.

Wreszcie zniecierpliwiona Majka podsunęła naszej rozmówczyni plan pełen wielce obiecujących literek „S". I muszę przyznać, że znalezisko to zrobiło na niej jeszcze większe wrażenie niż poprzednie artefakty.

– Kompletnie zapomniałam, że stworzyłyśmy taką mapkę. Niesamowite! Przecież... – wpatrywała się w kartkę jak zahipnotyzowana – ...przecież to mój spacer po dzieciństwie. Mapa naszych, moich i Moniki, zabaw.

MILICJA OBYWATELSKA (MO)

– umundurowana i uzbrojona formacja pełniąca w PRL funkcje policyjne, faktycznie podporządkowana ówczesnej władzy. Poza typowymi policyjnymi zadaniami, takimi jak ochrona obywateli czy ściganie przestępczości, wykorzystywana była do tłumienia strajków i demonstracji.

MO utworzono w 1944 roku na mocy dekretu Polskiego Komitetu Wyzwolenia Narodowego, czyli powołanego w Moskwie i podporządkowanego ZSRR tymczasowego organu władzy pełniącego funkcję rządu na wyzwolonych spod okupacji niemieckiej ziemiach polskich.

W 1990 roku przekształcona została w policję.

– A literki „S", o tutaj i tutaj, i tutaj... to co to jest? Skarby? – nie dawała za wygraną Majka.

– Można powiedzieć, że dla nas to były skarby. Sekrety, inaczej mówiąc – widoczki. Wykopywało się dołek w ziemi, układało w nim kompozycję z kwiatów i sreberek. Im bardziej błyszczała, tym lepiej. – Pani Ania znów się roześmiała. – Takiej wówczas hołdowałyśmy estetyce. Przykrywało się to wszystko kawałkiem szkła, zasypywało ziemią i dokładnie maskowało. A potem można było odkopać i podziwiać.

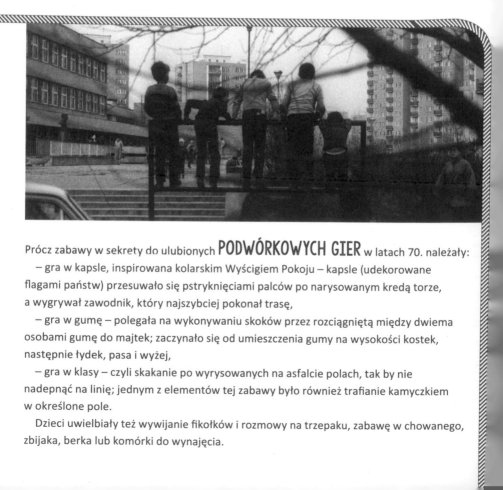

Prócz zabawy w sekrety do ulubionych **PODWÓRKOWYCH GIER** w latach 70. należały:

– gra w kapsle, inspirowana kolarskim Wyścigiem Pokoju – kapsle (udekorowane flagami państw) przesuwało się pstryknięciami palców po narysowanym kredą torze, a wygrywał zawodnik, który najszybciej pokonał trasę,

– gra w gumę – polegała na wykonywaniu skoków przez rozciągniętą między dwiema osobami gumę do majtek; zaczynało się od umieszczenia gumy na wysokości kostek, następnie łydek, pasa i wyżej,

– gra w klasy – czyli skakanie po wyrysowanych na asfalcie polach, tak by nie nadepnąć na linię; jednym z elementów tej zabawy było również trafianie kamyczkiem w określone pole.

Dzieci uwielbiały też wywijanie fikołków i rozmowy na trzepaku, zabawę w chowanego, zbijaka, berka lub komórki do wynajęcia.

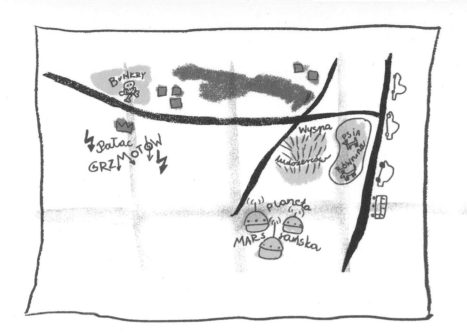

– Pamiętam, mama opowiadała mi o tej zabawie – wtrąciłam.

– Dla nas to nie była zabawa. To było naprawdę jak ukrywanie skarbów. Przyjaciołom pokazywało się te cuda, ale przed wrogami należało je chronić, wrogiem zaś był ten kolega lub koleżanka z podwórka, z którym akurat miało się na pieńku. Dlatego bardzo uważałyśmy, by wróg ani dozorca nie zauważył, gdzie zakopywałyśmy swój sekret. Pamiętam, ile było afer o kopanie dziur pod blokiem. – Pani Ania roześmiała się, a ja spojrzałam znacząco na Majkę. – Teraz oczywiście rozumiem gospodarza domu i wcale się nie dziwię, że nie chciał, aby ktoś zadeptywał i rozkopywał świeżo posadzony trawnik, ale wtedy my, dzieciaki, nie mogłyśmy tego pojąć.

Niestety, pani Ania nie pamiętała, dlaczego zaszyfrowały część informacji na planie, a reszta została zapisana normalnie.

– Uwielbiałyśmy wówczas tworzyć szyfry. Kochałyśmy wszystko, co tajne i niezwykłe. Poza tym... może chodziło o to, aby ten podstawowy punkt orientacyjny pozostał niezidentyfikowany, dzięki czemu pozostałe również trudno byłoby odnaleźć.

– Sprytne – pochwalił Maks.

I właśnie wtedy Michał zrobił coś, czego nikt po nim się nie spodziewał. Zawsze był najbardziej delikatny z nas i bardzo się starał, żeby nie nadepnąć komuś na odcisk. Tymczasem...

– A tak à propos tajemniczości, to jak się pani właściwie nazywa? – wypalił bez namysłu.

– No tak, nie przedstawiłam się. Ania Nowakowska, ale swoje prace podpisuję pseudonimem. Ana En. Tak mi ktoś doradził, gdy w drugiej połowie lat osiemdziesiątych wyjechałam z Polski. Że to niby lepsze dla mojej kariery. Kariery nadzwyczajnej co prawda nie zrobiłam – roześmiała się – ale pseudonim pozostał. I tak jestem identyfikowana w środowisku artystycznym.

Spojrzałam na Michała wyzywająco, jakbym chciała powiedzieć: „No i co? Wciąż masz jakieś wątpli-

---

W LATACH 80. XX wieku Polskę opuściło kilkadziesiąt tysięcy osób. Część szukała lepszych warunków życia i zarobku (w kraju panował kryzys gospodarczy), część wyjechała z przyczyn politycznych. Punktem kulminacyjnym było wprowadzenie stanu wojennego w 1981 roku. Wielu Polaków przebywających w tym czasie za granicą zrezygnowało z powrotu do ojczyzny. Niektórzy opozycjoniści ze Związku Zawodowego Solidarność zostali nakłonieni do emigracji przez ówczesne władze, które liczyły, że w ten sposób pozbędą się kłopotu. Tymczasem przyczyniło się to do powstania na Zachodzie sieci wsparcia polskiej opozycji.

Kolejna fala wyjazdów nastąpiła pod koniec lat 80. z powodu powszechnego zniechęcenia sytuacją ekonomiczną, społeczną i polityczną kraju rządzonego przez pogrążone w kryzysie władze.

wości?". Zrozumiałam, że wziął udział w tym spotkaniu tylko po to, by zdyskredytować panią Anię. Nasza rozmówczyni przeszła jednak nad jego pytaniem do porządku dziennego i wciąż rozpływała się nad znaleziskiem.

– Kochani, nawet nie macie pojęcia, jak bardzo ten plan przyda mi się do pracy nad projektem. W najbliższy weekend zapraszam was na rekonesans po zaznaczonych na planie miejscach. Jeśli oczywiście macie na to ochotę.

Jasne, że mieliśmy! Nie wiem, jak Michał, ale nasza trójka na pewno. I właśnie w tym jakże optymistycznym momencie wzrok pani Ani padł na rysunek przedstawiający czarny samochód pełen krwi, a jej twarz spoważniała. Milczała przez chwilę, aż wreszcie odezwała się zduszonym głosem:

– Kompletnie o tym zapomniałam, ale po zniknięciu Moniki wśród dzieciaków z podwórka krążyły pogłoski, jakoby porwał ją ktoś w czarnej wołdze.

RADZIECKI – związany z organizacją władzy państwowej w Związku Socjalistycznych Republik Radzieckich (ZSRR) lub tam wyprodukowany bądź stamtąd pochodzący. Określenie, którym zastąpiono w PRL negatywnie kojarzone słowo „sowiecki".

ZSRR – komunistyczne państwo ze stolicą w Moskwie, leżące we wschodniej Europie oraz północno--środkowej Azji. Utworzone w 1922 roku z republik Rosyjskiej, Ukraińskiej, Białoruskiej i Zakaukaskiej (rządzonych wówczas przez bolszewików, lecz formalnie niepodległych). W jego skład w różnych okresach wchodziło 18 republik, zwykle przyłączanych siłą, przy czym Republika Rosyjska odgrywała rolę dominującą. Związek Radziecki przestał istnieć w 1991 roku. Część dawnych republik radzieckich stworzyła samodzielne państwa, a część włączono do Wspólnoty Niepodległych Państw, w której największe znaczenie ma Rosja.

– W czarnej wołdze? – zainteresowała się Majka.

– Wołga to marka samochodu produkcji radzieckiej – wyjaśniła. – Gdy byłam dzieckiem, krążyły legendy, że ludzie w takich autach jeżdżą ulicami miast i porywają dzieci.

– Dla okupu? – zainteresowała się Majka.

– Dla okupu to chyba nie. Nic takiego sobie nie przypominam. Mówiło się raczej, że tym dzieciom zabiera się krew dla chorych bogatych ludzi na Zachodzie. Stąd pewno ta krew na rysunku.

– Brrr... – Wzdrygnęłam się.

– Niewielu rzeczy dzieciaki w tamtych czasach bały się tak bardzo jak czarnej wołgi. Chłopak z naszego bloku opowiadał nam nawet kiedyś, że pewnego dnia taki czarny samochód jechał obok niego ulicą bardzo pomalutku (kolega szedł, jak się domyślacie, chodnikiem). Na szczęście znaleźli się już blisko naszego bloku

i chłopak dał dyla do budynku. – Pani Ania się zamyśliła. – Wszystkie obrazki, które tu widzicie, rysowałam sama. Ale ten chyba musiała zrobić Monika i raczej mi go nic pokazała.

– Może już wcześniej wiedziała, że coś jej grozi, ale z jakichś powodów ukrywała to przed panią? – wyraziła przypuszczenie Majka.

Nasza rozmówczyni pominęła jej uwagę milczeniem. Najwyraźniej intensywnie nad czymś myślała.

– Wiecie, co mi przyszło do głowy? – spytała po chwili. – Skoro ten obrazek sprawił, że przypomniałam sobie pogłoski związane ze zniknięciem Moniki, to być może spacer po miejscach, w których razem się bawiłyśmy, otworzy jakieś inne klapki w moim umyśle i przywoła kolejne wspomnienia.

– Kto wie? – Majka się zadumała. – A tak przy okazji, podczas ostatnich wakacji założyliśmy Tajną Agencję Detektywistyczno-Eksploracyjną, więc możemy pani pomóc.

Tylko niech się pani nie śmieje, tu mam nawet wycinki z gazet opisujące nasze osiągnięcia. – Wyciągnęła do naszej rozmówczyni plik karteluszków, co okazało się zupełnie zbędne, bo pani Ania wcale nie potrzebowała potwierdzenia i bardzo się ucieszyła z naszej propozycji. Tym nas do reszty kupiła. Chyba nawet Michała. Miałam nadzieję, że również Michała. Wieczorem Maks przesłał nam mail pełen linków prowadzących do witryn z twórczością pani Anny. Okazało się, że moja nowa znajoma jednak ma swoją stronę autorską, bloga i fanpejdża na Facebooku.

※

Spotkanie z panią Anią i perspektywa nowej przygody zdecydowanie poprawiły mi humor. Nawet na sprawy związane z Jackiem zaczęłam patrzeć bardziej optymistycznie. Przecież to, że wpadł na imprezę do Karoli razem z Paulą, o niczym jeszcze nie świadczyło. Mieszkali obok siebie, więc wygodnie im było pójść razem. A że napisał: „Szkoda, że cię tu z nami nie ma" zamiast „Szkoda, że cię tu ze mną nie ma"... Jakie właściwie to ma znaczenie?

Na fali entuzjazmu zadzwoniłam do niego. Tak, tak, zdobyłam się na to, choć jeszcze kilka dni wcześniej wydawało mi się to wyczynem ponad siły. Rozmowa wypadła całkiem nieźle i w żaden sposób z niej nie wynikało, żeby darzył Paulę jakimiś specjalnymi względami (próbowałam dyskretnie go wybadać). W dodatku Jacek powiedział, że postara się w wakacje przyjechać do Warszawy. Mój nastrój poszybował w przestworza.

❦

Przez kilka dni, które pozostały do weekendu, pani Ania nie próżnowała. Jakby wstąpiła w nią nowa energia. A ja pomagałam jej niczym doktor Watson Sherlockowi Holmesowi, choć przecież to Monika przybrała pseudonim na cześć słynnego angielskiego detektywa z Baker Street.

Przede wszystkim pani Ania zrobiła, jak to określiła, *research* wśród mieszkańców bloku, którzy pamiętali Monikę. Poza tym wybrała się do położonego przy parku Malickiego Domu Kultury Rakowiec, w którym udostępniono jej sporo archiwalnych zdjęć z lat siedemdziesiątych ubiegłego wieku.

Poprosiła obecną lokatorkę swojego dawnego mieszkania, by pozwoliła jej spenetrować piwnicę, i jeszcze raz obejrzała artefakty znalezione w mojej piwnicy (nie licząc paska z ćwiekami, o którym całkiem zapomniałam). Wszystkie te aktywności miały w równym stopniu służyć zebraniu nowych informacji dotyczących okoliczności zniknięcia Moniki, co wspomóc

DOM KULTURY RAKOWIEC

mieści się w budynku przedwojennego Domu Społecznego, zwanego później Społecznym Domem Kultury (SDK). Pod nazwą tą funkcjonował przez wiele lat po drugiej wojnie światowej. Po nawiązaniu współpracy z Ośrodkiem Kultury Ochoty OKO zmienił nazwę na Dom Kultury Rakowiec.

jej pamięć. To drugie wydawało się nawet ważniejsze. W ogóle czułam, że czeka nas bardzo specyficzne śledztwo, ponieważ tym razem głównym obszarem naszych działań detektywistycznych miał być ludzki umysł. To pamięć pani Ani miała być przestrzenią, która dostarczy nam poszlak i dowodów.

Efekty tych starań okazały się niestety nienadzwyczajne. Starsi mieszkańcy bloku albo wymawiali się niepamięcią, albo mówili dużo, tyle że nie na temat. Przede wszystkim snuli wspomnienia, jakie to z pani Ani było rezolutne dziecko. Z kolei nieliczni jej rówieśnicy, którzy jeszcze mieszkali w bloku, uparcie powtarzali legendę o czarnej wołdze, tyle

tylko, że dziś traktowali ją jako głupi dziecięcy wymysł. Trzeba jednak przyznać, że nie wszystkich „świadków" udało się „przesłuchać". Po pierwsze, zabrakło nam czasu. Po drugie, dwie osoby wyjechały (między innym niejaki Chudy, dawny kolega pani Ani).

– Całkiem zapomniałam, że przedwczoraj wybrał się w małą podróż. No cóż, pogadamy z nim, jak wróci. Zobaczycie, jaki fajny z niego gość.

Piwnica państwa Matulskich, nowych lokatorów dawnego mieszkania zaprzyjaźnionej artystki, była zbyt dobrze utrzymana, by dało się w niej znaleźć coś ciekawego, a moje artefakty pani Ania w większości już widziała. Mimo tych niepowodzeń rakowiecka Emma Peel nie traciła nadziei i dobrego humoru.

– Początki zawsze są trudne, ale czuję, po prostu czuję, że niedzielny spacer po dzieciństwie przyniesie efekty.

Przy okazji dowiedziałam się wielu nowych rzeczy na temat miejsca, w które, jak to się ładnie mówi, rzucił mnie los. W czasach PRL nasz blok nazywano wojskowym, ponieważ znajdowały się w nim mieszkania służbowe pracowników Ludowego Wojska Polskiego.

LUDOWE WOJSKO POLSKIE

(LWP) – nazwa sił zbrojnych utworzonych w latach 1943–1944 w ZSRR z polskich żołnierzy, którzy wówczas na terenie ZSRR się znaleźli, oraz wywodzącego się z nich Wojska Polskiego w Polsce Ludowej w latach 1944–1952, a następnie Sił Zbrojnych Polskiej Rzeczypospolitej Ludowej w latach 1952–1989.

Nazwa Ludowe Wojsko Polskie nigdy nie stała się określeniem oficjalnym. Używana była jednak powszechnie przez ówczesne władze państwowe oraz propagandę i piśmiennictwo z tego okresu, aby podkreślić związki sił zbrojnych z panującym wówczas ustrojem socjalistycznym (ludowym).

Jak się potem miało okazać, fakt ten miał spore znaczenie dla naszego śledztwa. W sąsiedztwie znajdował się również blok milicyjny i tak zwany blok międzynarodowy, dawniej zajmowany przez dyplomatów. Ponieważ w latach siedemdziesiątych w Polsce przebywało niewielu cudzoziemców, posiadanie za sąsiada np. Afrykańczyka stanowiło pewną atrakcję.

W tamtych czasach były to całkiem nowoczesne budynki, choć położone, jak to określiła moja nowa znajoma, na kompletnym zadupiu.

– Kiedy się tu sprowadziliśmy, dookoła było tylko błoto. My, dzieciaki, nie posiadałyśmy się z radości, ale dorośli narzekali. Nie sposób było przejść, że tak się wyrażę, suchą stopą, do ulicy Grójeckiej, po której kursowały tramwaje i autobusy. Ludzie różnie sobie radzili. Zabierali kalosze na zmianę. Przerzucali przez brudną breję deski lub owijali buty gazetami. Moja mama stosowała metodę chodzenia po deskach, ale i tak brała ze sobą w woreczku szczotkę do butów, bo nawet to okazywało się nie do końca skuteczne. To był wówczas taki koniec świata, że nawet taksówkarz, który wiózł do nas moją babcię, nie potrafił namierzyć tego adresu. Ale mnie to odpowiadało. Fajnie było mieszkać na końcu świata. Dopiero potem zaczęły tu powstawać podwórka, chodniki, trawniki. Miasto się rozrosło i dziś mamy tu prawie centrum stolicy, a nasze nowoczesne wówczas bloki wyglądają skromnie i niepozornie w towarzystwie apartamentowców – zadumała się pani Ania. – Chociaż... ja i tak wolę nasze bloki – dodała po chwili. – Zobacz, tu jest zieleń i otwarta przestrzeń, a tamten luksusowy świat oddziela od rzeczywistości ogrodzenie.

Pozostali członkowie ekipy łączącej siły Klubu Detektywów i Tajnej Agencji Detektywistyczno-Eksploracyjnej również intensywnie działali. Tylko Michał sprawiał wrażenie kompletnie niezainteresowanego naszym śledztwem.

Majka spisywała nagrane przez panią Anię rozmowy z mieszkańcami bloku, co okazało się nadzwyczaj żmudnym zajęciem. Aż trudno uwierzyć, że moja nieco nadpobudliwa przyjaciółka znalazła w sobie dość cierpliwości.

Najbardziej zaangażował się Maks, który generalnie niełatwo się w cokolwiek angażuje. Tym razem jednak miał okazję błysnąć swoimi informatycznymi talentami. Ze zgromadzonych przez panią Anię zdjęć oraz samodzielnie znalezionych w sieci fotek przygotował rodzaj specjalnej prezentacji na smartfona, która miała pomóc naszemu głównemu detektywowi w powrocie do dzieciństwa i przywołaniu wspomnień.

Najważniejsze było zdjęcie Moniki. Z czarno-białej fotografii patrzyła na nas poważna nad wiek dziesięciolatka o dużych ciemnych oczach i gładkich ciemnych włosach. Na prawym

W latach 90. na terenie Warszawy i innych polskich miast zaczęły powstawać **OSIEDLA MIESZKANIOWE GRODZONE PŁOTEM** i strzeżone przez agencje ochrony. Naukowcy zwracają uwagę na problemy, które mogą z tego wynikać, np. przecinanie istniejących wcześniej szlaków komunikacyjnych lub zajmowanie przestrzeni dostępnej uprzednio dla społeczności lokalnej. Osiedla takie przyczyniają się również do pogłębiania podziałów społecznych.

Inną niepokojącą tendencją we współczesnym budownictwie jest stawianie jak największej liczby budynków na jak najmniejszej przestrzeni (tak że sąsiad może zajrzeć sąsiadowi w okno), bez uwzględnienia miejsca na plac zabaw czy park osiedlowy, co było normą dla wielu osiedli budowanych po drugiej wojnie światowej, takich jak Koło, Sady Żoliborskie czy Rakowiec.

policzku miała niewielkie znamię w kształcie motyla. To dlatego niektórzy mówili na nią Motylek. Zrozumiałam, czemu nie przepadała za tym przezwiskiem. Mało kto lubi ksywki związane z defektem urody, nawet jeśli są sympatyczne.

Kiedy po jednej z narad odprowadzałam przyjaciół na przystanek, pod blok podjechał duży czarny samochód z białą osłoną przeciwsłoneczną w oknie.

– To ten – wyszeptał drżącym głosem Maks.

– Jaki znowu ten? – zdziwił się Michał.

– Samochód, który widziałem z okna autobusu. Ten z obrazka. A śmialiście się, że coś mi się przywidziało.

Rzeczywiście, mimo że znaleziony w pudełku rysunek nie był, delikatnie mówiąc, przesadnie realistyczny, ja mia-

łam takie samo skojarzenie. Może przez te białe osłony w oknach, a może przez to, że z auta wysiadł starszy, ale postawny mężczyzna w krwistoczerwonej bluzie. Jego policzek przecinała blizna.

– To nie może być ten, bo na obrazku jest czarna wołga, a to bmw – zauważył przytomnie Michał.

– I co z tego? – Maks wzruszył ramionami. – Może facet w tamtych czasach jeździł wołgą, a dziś przerzucił się na bmw.

Tymczasem mężczyzna przeszedł się dookoła bloku, po czym wrócił do samochodu i odjechał, zanim zdążyliśmy zanotować numer rejestracyjny.

– Tiiiaaa... – skomentował to Maks. – Przestępca zawsze wraca na miejsce zbrodni.

Rozdział 5

CZŁOWIEK Z BLIZNĄ

To niesamowite, jak historia oficjalna (tzw. duża historia, dostępna wszystkim) miesza się z historią osobistą (małą historią znaną jednej osobie bądź niewielkiej grupie ludzi). W ciągu jednego weekendu odbyliśmy dwie bardzo odmienne (choć przez te same szlaki) wycieczki po Rakowcu. Przewodnikiem sobotniej wyprawy był mój tata. Niedzielną poprowadziła pani Ania. Dla taty najstarsza część osiedla wraz ze znanym już wam parkiem Malickiego były przykładem ważnej inicjatywy mieszkaniowej, która miała poprawić los robotników w międzywojennej Polsce.

Dla pani Ani były to po prostu okolice Kaczkowego Jeziora.

Pani Ania snuła wspomnienia z dzieciństwa. Tata wytrwale nas edukował. Nie obyło się jednak bez pewnych komplikacji.

W LATACH 1933-1938 na terenach zakupionych przez Warszawską Spółdzielnię Mieszkaniową (WSM) przy ulicy Pruszkowskiej i Wiślickiej powstało osiedle Rakowiec. Złożyły się nań postawione bokiem do ulicy budynki z tanimi mieszkaniami dla robotników „skazanych dotychczas na wyzysk kamieniczników". Mieszkania były niewielkie, lecz wygodne, nowoczesne i słoneczne, z toaletą i bieżącą wodą.

Osiedle miało być samowystarczalne. Istniejący tu staw dostarczał ryb, a przeznaczone dla mieszkańców ogródki działkowe – warzyw i owoców. Zaprojektowano tereny zielone, sklepy, warsztaty. Ogród Społeczny z obiektami sportowymi zapewniał program rekreacyjny, Dom Społeczny zaś zaspokajał najważniejsze potrzeby mieszkańców i ułatwiał dostęp do kultury.

– WSM Rakowiec to najstarsza część osiedla. Wyobraźcie sobie, że powstała jeszcze przed drugą wojną światową. Wiem, wiem, że trudno w to uwierzyć, patrząc na te sześciopiętrowe budynki, które i dziś wyglądają nowocześnie, ale taka jest prawda. Osiedle projektowali znakomici i wrażliwi społecznie architekci z grupy Praesens. Chcieli stworzyć tanie i wygodne mieszkania dla robotników...

PRAESENS – nazwa działającego w latach 1926–1930 ugrupowania awangardowych architektów i plastyków. Propagowało ono jedność wszelkich sztuk plastycznych, nowy sposób kształtowania przestrzeni w architekturze, a także funkcjonalność i uprzemysłowienie budownictwa, co miało na celu zapewnienie tanich, wygodnych mieszkań dla ludzi przeciętnie zarabiających.

Idee ugrupowania zostały zrealizowane w latach 30. XX wieku na osiedlu mieszkaniowym Rakowiec. Projektantami osiedla byli architekci i urbaniści z Praesens: Helena i Szymon Syrkusowie.

Członkowie grupy zrealizowali też wiele innych obiektów, które dziś stanowią klasykę polskiego modernizmu.

W tym momencie Majka, która wcześniej słuchała wywodów taty ze względną uwagą, zatrzymała się jak wryta, wgapiając się w jakiś punkt po drugiej stronie stawu. Wyglądała jak pies, który zwęszył trop, lub biegacz w blokach startowych. Tata początkowo nie zwrócił uwagi na osobliwe zachowanie chrześnicy i niezrażony ciągnął swój monolog.

– Do kompleksu należał również Dom Społeczny, w którym obecnie znajduje się Dom Kultury Rakowiec, i staw, w którym mieszkańcy osiedla mogli łowić ryby. To był naprawdę...

Nieoczekiwanie Majka „ruszyła z bloków". Gdyby brała udział w prawdziwych zawodach, z pewnością osiągnęłaby znakomity wynik. W pełnym sprincie okrążyła staw, przy którym wędkowali przed wojną robotnicy, a pani Ania w latach siedemdziesiątych karmiła kaczki, i znikła za dawnym Domem Społecznym, obecnie Domem Kultury.

Dopiero wówczas tata zdał sobie sprawę z tego, co zaszło. Przez kolejne kilkanaście minut szukaliśmy Majki w parku Malickiego i najbliższych okolicach.

W przedwojennym

DOMU SPOŁECZNYM

działały instytucje oświatowe i opiekuńcze, poradnie wychowawcze, kluby hobbystyczne, artystyczne i literackie. Funkcjonowały tu żłobek, przedszkole, lecznica, palarnia, suszarnia, magiel i łaźnia. W budynku znajdowały się też biblioteka i czytelnia, w której organizowano wykłady i odczyty. W sali widowiskowej odbywały się koncerty i wystawy. Organizowano tu kolonie dla dzieci i zabawy choinkowe.

Po drugiej wojnie światowej w odbudowanym i przekształconym budynku kontynuowano działalność. W miarę rozwoju oferty kulturalnej z Domu Społecznego stopniowo zniknęły pralnia, suszarnia, magiel, żłobek, przedszkole i lecznica, które zlokalizowano w innych obiektach.

Znaleźliśmy ją, gdy krążyła wśród samochodów zaparkowanych wzdłuż ulicy Mołdawskiej.

– Co się stało? – Mój ojczulek z trudem hamował gniew na ulubioną chrześniaczkę.

– Eee... ja tego... zobaczyłam go... zobaczyłam... eee... koleżankę. Strasznie dawno jej nie widziałam, więc... Ale nagle gdzieś mi znikła.

Oczywiście zdawaliśmy sobie sprawę, że nie zobaczyła żadnej koleżanki, że musiało chodzić o coś innego i że Majka nie za bardzo ma ochotę mówić o tym przy moim tacie. Więc choć zżerała nas ciekawość, musieliśmy ją powściągnąć aż do końca wycieczki, której dalszy ciąg odbył się już bez większych zakłóceń. Prócz przedwojennej części Rakowca tata pokazał nam również co ciekawsze budowle z okresu powojennego, między innymi bloki przy ulicy Sanockiej, zaprojektowane przez słynnych, jak się dowiedzieliśmy, architektów, Zofię i Oskara Hansenów. Żadne z nas nie zdawało sobie wówczas sprawy, jak ważnym miejscem dla śledztwa stanie się w przyszłości jeden z tych budynków.

ZOFIA I OSKAR HANSENOWIE

– małżeństwo architektów działających w Polsce w drugiej połowie XX wieku.

Zdaniem Hansenów najważniejszy w architekturze był człowiek. To właśnie jemu miała służyć stworzona przez Oskara Hansena teoria Formy Otwartej, zgodnie z którą dzieła sztuki powinny się dostosowywać do miejsca i okoliczności, w jakich się znalazły, oraz do potrzeb odbiorców i użytkowników. Było to szczególnie ważne w dziedzinie budownictwa mieszkaniowego.

Na Rakowcu Hansenowie zaprojektowali dwa bloki przy ulicy Sanockiej. Niemal każde tamtejsze mieszkanie ma inny rozkład, a życie skupia się między budynkami, wśród zieleni, gdzie stoją ławki, stoliki do gry w szachy i konstrukcje, na których można np. robić fikołki.

Na zakończenie ojczulek zaprosił nas na piknik na kocyku w parku na terenie dawnego Fortu Szcza-M. Przygotował mnóstwo pyszności. Prawie zapomnieliśmy, że Majka zapewne ma nam coś bardzo ważnego do powiedzenia. Zwłaszcza smakosz Michał był wniebowzięty. Trzeba przyznać, że fajnie spędziliśmy czas. Tak fajnie, że na pożegnanie miałam ochotę rzucić się tacie na szyję, ale znów odezwał się mój wewnętrzny chochlik i przypomniał, że powinnam być na niego zła.

Doszło więc tylko do niezręcznego uścisku, jakbyśmy przez ten czas, kiedy mieszkałam w Szczecinie, odzwyczaili się od przytulania.

– Myślałem, że pogadamy dziś na osobności – zafrasował się ojczulek – ale... to chyba już następnym razem, bo... bo... dziś mają do nas wpaść rodzice Lucynki.

Mimo pięknej pogody ogarnęła mnie fala wewnętrznego chłodu. Tata to chyba wyczuł, bo dodał przepraszająco:

– Nic na to nie poradzę. Od kilku tygodni próbujemy zgrać terminy... Prawdę mówiąc, czekają nas trudne rozmowy.

„Lucynka" to nowa żona mojego ojczulka. Wiedziałam, że jej rodzice nie przepadają za moim tatą, ponieważ liczyli, że ich ukochana córeczka znajdzie sobie kogoś lepszego, a przede wszystkim nieobciążonego rodziną. I choć może to podłe z mojej strony, ucieszyłam się, że tej idealnej parze też się zdarzają trudne chwile. Och, gdybym potrafiła przewidzieć, że to spotkanie dotyczyć będzie spraw, które okażą się trudne również dla mnie...

Natychmiast po rozstaniu z moim tatą rzuciliśmy się na Majkę.

– Możesz wreszcie powiedzieć, co właściwie ci odwaliło? – spytał Michał.

– Zobaczyłam go po drugiej stronie stawu.

– To znaczy kogo?

– No, tego gościa z blizną, tego z czarnej wołgi.

– Chyba raczej z czarnego bmw? – poprawił ją Maks, ale Majka w ogóle nie zwróciła na to uwagi.

– Zrobił kilka zdjęć. Aparatem fotograficznym, nie komórką – podkreśliła. – A potem zaczął bardzo szybko iść w stronę Domu Kultury. Wiedziałam, że nie ma czasu na wyjaśnienia, bo zaraz zniknie mi z oczu, więc po prostu za nim popędziłam. Ale to i tak na nic się nie zdało, bo nagle jakby zapadł się pod ziemię. Zaczęłam więc krążyć wśród samochodów w nadziei,

że odnajdę czarną wołgę, znaczy się bmw, i spiszę numery rejestracyjne, ale... lipa. – Spojrzała na nas z przekąsem. – Nadeszła ekipa poszukiwawcza w postaci członków Tajnej Agencji Detektywistyczno-Eksploracyjnej, dowodzona przez mojego chrzestnego, i skutecznie mi w tym przeszkodziła.

Niedziela należała do pani Ani. Jak już wspomniałam, trasa jej wycieczki częściowo pokrywała się ze szlakiem zaproponowanym przez tatę. Choć trzeba przyznać, że nie wszystkie punkty zaznaczone na znalezionym w piwnicy planie zostały zaszczycone uwagą mojego ojczulka.

Wśród pominiętych przez tatę miejsc znalazła się między Równina Lwich Antylop, zwana też czasami Psią Równiną, ponieważ mieszkańcy osiedla wyprowadzali tam na spacery swoje pieski. W przeszłości był to po prostu pas zieleni, łączka w bezpośrednim sąsiedztwie bloków, ozdobiona gdzieniegdzie skupiskami drzew owocowych.

– To był nasz raj, ukochane miejsce. Trawy były tak wysokie, że dało się w nich ukryć aż po czubek głowy. I jeszcze drzewa, na które uwielbiałyśmy się wspinać! – ekscytowała się pani Ania.

– Okej. Wszystko rozumiem. Ale skąd lwie antylopy? – dziwiła się Majka.

– Wymyśliłyśmy sobie takie zwierzę. Najwspanialsze ze zwierząt świata. Efekt, że tak się wyrażę – pani Ania się roześmiała – mezaliansu popełnionego przez lwa i antylopę. Lwie antylopy miały i ostre kły (jak lwy), i szybkie nogi (jak antylopy), i pazury, i kopyta. Samice wyglądem niewiele

różniły się od zwykłych antylop. Samce natomiast miały imponujące lwie grzywy. Bawiłyśmy się, że lwie antylopy tutaj mieszkają. Ba, czasem nawet wyobrażałyśmy sobie, że wcielamy się w te niezwykłe stworzenia. Potem wymyśliłyśmy jeszcze orle lwie antylopy, które potrafiły latać. Tak wszechstronne zwierzę wydało się nam jednak trochę przerażające, więc nie bawiłyśmy się w nie zbyt często, a w odgrywanych przez nas konfliktach między tymi superzwierzakami stawałyśmy zawsze po stronie słabszych lwich antylop.

Dziś na Równinie znajdują się między innymi Siedziba Lasów Państwowych, stacja benzynowa i supermarket Carrefour.

Wyspę Ludożerców stanowiły chaszcze u zbiegu ulic Racławickiej i Mołdawskiej, ulubione miejsce spotkań pijaczków. Obecnie stoi tam apartamentowiec.

– Wyobrażałyśmy sobie, że ci pijaczkowie to ludożercy, i starałyśmy się tak poruszać po Wyspie, żeby żaden nas nie zauważył.

Piaski to była po prostu kupa piachu w okolicach dzisiejszego Carrefoura.

– Tam też bawiłyśmy się w lwie antylopy, odtwarzając ich dramatyczne losy. Do dziś pamiętam zmyśloną historię królowej lwich antylop, która podstępem wykradła pierścień poprzedniej władczyni. Myślę, że przechodnie mieli niezły ubaw, patrząc, jak dwie dziewczynki biegają na czworaka po piachu, od czasu do czasu wydając z siebie ryki. Obok mieścił się Cmentarz Zwierząt, gdzie chowałyśmy pisklęta, które wypadły z gniazd, i gdzie spoczął po śmierci mój chomik Kubuś, a także białe myszki Moniki. Opiekowałyśmy się tymi grobami. Monika uwielbiała zwierzęta – dodała pani Ania, a ja poczułam, że coraz bardziej lubię jej zaginioną przyjaciółkę. – Miała mnóstwo książek na ten temat. Choć była dosyć nieśmiała, zawsze znalazła w sobie wystarczająco dużo odwagi, by zagadnąć opiekuna nowego w okolicy psiaka, a sąsiadów identyfikowała po ich pupilach. Nigdy nie mówiła na przykład „pan Adamski", tylko „pan od Pimpusia". Najchętniej przyprowadziłaby do domu każdego bezdomnego psa i piwnicznego kota, ale jej rodzice nie chcieli się na to zgodzić, jakby przeczuwali, że przyjdzie czas, że nie będzie komu tymi zwierzakami się zająć.

Pałac Grzmotów to były zarośla nieopodal stacji kolejowej PKP Rakowiec.

– Kiedy człowiek się tam schował, a obok akurat przejeżdżał pociąg, to faktycznie można było odnieść wrażenie, że jest się w pałacu Króla Burz – tłumaczyła osobliwą nazwę pani Ania.

Maks przyniósł ze sobą gogle do rozszerzonej rzeczywistości i wspierał pamięć naszej przewodniczki, nakładając na obecny obraz zdjęcia sprzed lat. Niestety, z punktu widzenia śledztwa nie na wiele się to zdało. Żadne ze wspomnień nie przybliżyło pani Ani do przyczyn zniknięcia Moniki.

Dopiero wycieczka do Fortu Szcza-M, tzw. Górki, przyniosła jakiś ślad, choć dosyć mizerny.

– Nie mogę uwierzyć, jak wiele się tutaj zmieniło. – Nasza przewodniczka złapała się za głowę. – Przede wszystkim dawniej było tu całkiem dziko. Chaszcze, zarośla, błoto... O tu, tutaj – wskazała rów po fosie – stała woda, dużo wody. Pływały w niej żaby, traszki, chrząszcze żółtobrzeżki. Chłopaki łapali traszki do słoików, a my z Moniką wypuszczałyśmy je z powrotem. Chciałyśmy zwrócić im wolność. No i można było wejść do bunkrów, a teraz nie sposób nawet się tam wczołgać, tak bardzo wejście jest zasypane. Chociaż... prawdę mówiąc, bałyśmy się ich.

GITOWCY – subkultura młodzieżowa z lat 70. XX wieku, czerpiąca wzorce ze środowiska przestępczego. Gitowcy dzielili ludzi na tych, którzy są „git", i „frajerów", czyli całą resztę, którą można było wykorzystywać. Często uchylali się od pracy, która w PRL była obowiązkowa dla wszystkich mężczyzn (nie wolno było być bezrobotnym dłużej niż przez 3 miesiące). Posługiwali się grypserą pochodzącą z gwary przestępczej. Charakteryzował ich wrogi stosunek do hipisów, a potem również do innych subkultur. Prowadzili międzyosiedlowe walki i brali udział w ryzykownych włamaniach. Głosili kult siły fizycznej i twardego charakteru. Zewnętrznym przejawem przynależności do gitowców były sznyty (ślady po samookaleczeniach) i tatuaże, które świadczyły również o randze.

– Bunkrów? A to czemu? – zaciekawiła się Majka.

– Wśród dzieciaków krążyły legendy, że jest w nich siedziba gitowców, którzy składali ofiary ze zwierząt. A to napawało nas prawdziwą grozą. Albo satanistów. A może nawet baza czarnej wołgi.

– Czarnej wołgi? Tej, co to porywała dzieci? – Podekscytowana Majka natychmiast zaczęła kombinować, jak by tu wczołgać się do bunkra, lecz tylko wybrudziła sobie śliczną nową kurteczkę.

– Kompletnie o tym zapomniałam, ale Monika miała obsesję na punkcie czarnej wołgi. Pamiętam, że kiedyś u nas spała, bo jej rodzice musieli gdzieś wyjechać. W nocy obudził mnie przeraźliwy krzyk. Okazało się, że to Monika miała koszmarny sen o czarnej wołdze, która wywiozła ją daleko, daleko... Nigdy wcześniej nie widziałam u niej takiego wyrazu twarzy. Była blada, mokra od potu i jakby... nawet nie wiem, jak to określić... jakby zmartwiała z przerażenia, kompletnie nieobecna. Przekonywaliśmy ją, bo zbiegła się cała moja rodzina, że to tylko sen, zły sen, ale ona nic, patrzyła na nas tak... jakbyśmy nie istnieli, jakby nas tam nie było, takim okropnym niewidzącym wzrokiem. Dopiero po chwili się ocknęła i zaczęła bredzić coś o czarnej wołdze.

Pani Ania zamilkła i my również milczeliśmy. Dotychczas traktowaliśmy śledztwo w sprawie zniknięcia Moniki jako dobrą detektywistyczną zabawę. Teraz dotarło do nas, że chodzi o prawdziwego człowieka i o prawdziwy strach.

– Może już wcześniej próbowano ją porwać – odezwała się wreszcie Majka.

– Wątpię. Na pewno by mi o tym powiedziała. Nie miałyśmy przed sobą tajemnic – zapewniła pani Ania.

– Mówiła pani, że po zniknięciu Moniki w mieszkaniu pozostał tylko jej zrozpaczony ojciec. Myślałam więc, że nie miała mamy. A teraz wspomniała pani o rodzicach – zauważyłam.

– Miała oczywiście mamę, i to całkiem sympatyczną. Ale na krótko przed zniknięciem Moniki i ona gdzieś się ulotniła. Monika tłumaczyła, że mama musiała wyjechać do chorej cioci.

☺

Planety Marsjańskiej nie zdążyliśmy zobaczyć. Pani Ania obiecała, że pokaże nam ją następnym razem. Tata też nie zaprowadził nas do miejsca, które w jakikolwiek sposób kojarzyłoby się z Marsem. Jak się później okazało, Planeta Marsjańska leżała tuż poza granicami Rakowca, dlatego ojczulek nie uwzględnił jej w planach swojej wycieczki.

☺

Po spacerze po panią Anię przyjechał szpakowaty „młodzieniaszek", a nasza grupka udała się w kierunku mojego bloku. Majka i Maks szli przodem, z ożywieniem o czymś dyskutując, a Michał i ja wlekliśmy się z tyłu, od czasu do czasu wydając z siebie jakieś monosylaby i mruknięcia. Wreszcie zdobyłam się na odwagę i spytałam:

– I co? Wciąż nie ufasz pani Ani?

Michał wzruszył ramionami.

– Ufam, ale... wciąż jej nie lubię.

Zaskoczył mnie jeszcze bardziej, niż gdyby powiedział, że jej nie ufa.

Nie rozumiałam, jak można kogoś takiego nie lubić.

Ponieważ była ładna pogoda, zamiast kisić się w domu (jak ma w zwyczaju mówić moja mama), usiedliśmy sobie na ławeczce i spróbowaliśmy zebrać do kupy to, czego udało nam się dotychczas dowiedzieć. Nie było tego co prawda za wiele, ale od czegoś trzeba zacząć. Ja obstawiałam trop rodzinny.

– Uważam, że zniknięcie Moniki ma związek z jakimiś rodzinnymi tajemnicami, a kwestia czarnej wołgi to tylko atrakcyjna, ale mało znacząca miejska legenda.

Majka i Maks upierali się jednak przy porwaniu przez tajemnicze osoby, które się czarną wołgą przemieszczały. Przy czym przymiotnik „tajemnicze" odgrywał tutaj główną rolę.

– Mam przeczucie, że to kwestie rodzinne – powtórzyłam. – Nie wydaje się wam dziwne, że na krótko przed zniknięciem Moniki jej mama też gdzieś przepadła?

– Może tym razem twoje przeczucia cię zawiodły. Przecież pani Ania tłumaczyła, że pojechała zająć się chorą ciocią. – Majka wzruszyła ramionami.

– Czasami dziecku wciska się taki kit, żeby ukryć prawdę. Czuję, że jej rodzice się rozwiedli i całe to zniknięcie związane jest właśnie z tą sprawą.

Michał, Maks i Majka spojrzeli po sobie; doskonale wiedziałam, co im chodzi po głowie.

– To nie jest tak, że odnoszę to jakoś do swojej sytuacji, nie myślcie sobie – wyjaśniłam, żeby nikt nie miał wątpliwości.

– Nie myślimy, ale może tak być – odezwał się wreszcie Maks.

– Więc jednak myślicie?

– Dobrze, myślimy i uważamy, że możesz być w tej kwestii trochę nieobiektywna. To się nazywa przeniesienie – wyjaśnił Maks. Odkąd chodzi na terapię, zrobił się strasznie przemądrzały i sam próbuje zgrywać psychologa.

– Przeniesienie? – zdziwiła się Majka.

– Jak by ci to wytłumaczyć? To taki mechanizm obronny. To znaczy, że własną sytuację nieświadomie przenosisz na sytuację innej osoby.

Miałam ochotę go kopnąć.

– A ja myślę, że jesteście gotowi poświęcić prawdę dla własnych mrzonek o przygodzie i tajemniczości. To jest wasze przeniesienie.

Zaczęliśmy się niesamowicie kłócić. Tylko Michał milczał. Utkwiłam w nim wzrok z nadzieją, że poprze mnie mimo naszych ostatnich nieporozumień. Dotychczas tak robił.

Wreszcie Michał wzruszył ramionami i oznajmił jakimś zimnym i nienaturalnie spokojnym głosem:

– Przychylam się do koncepcji Majki i Maksa.

Spojrzałam na niego z niedowierzaniem. Może to było jego przeniesienie. Chciał się w ten sposób odegrać... za Jacka. Aż się we mnie zagotowało ze złości, ale też zrobiło mi się go żal. A po chwili do tej dość niestrawnej mieszanki emocji dołączyło poczucie winy, że podczas minionych wakacji pozwoliłam na to, by robił sobie jakieś nadzieje związane z moją osobą. Przecież jakąś częścią siebie zdawałam sobie sprawę, że traktuję mnie... jak by to określić... w sposób szczególny. Choć inna część udawała, że tego nie dostrzega. Bo tak było wygodniej? Bo i ja traktowałam go w sposób szczególny? Sama już nie pamiętałam.

Miałam kompletny mętlik w głowie.

– Kiedy ostatnio byliśmy u ciebie, byłem, przyznam szczerze, trochę nie w humorze – przerwał moje rozważania Michał. – Może dlatego zwracałem uwagę na różne drobiazgi, których normalnie pewno bym nie zauważył. Na przykład na strzęp papieru za listwą przypodłogową. Wydłubałem go i proszę bardzo. – Wyciągnął z kieszeni kawałek zmiętej karteczki. – Wygląda to bardzo interesująco.

Pochyliliśmy się nad świstkiem.

– To przecież... – odezwał się Maks.

– Po niemiecku – dokończył Michał, który, jak już wspomniałam, jest poliglotą i zna kilka języków, w tym niemiecki.

– Czemu mi wcześniej nie pokazałeś? – oburzyła się Majka.

– Taki z ciebie brat?!

Ale Michał nie zwracał uwagi na pretensje siostry.

– Tu jest napisane: „Droga Moniko, już niedługo będziesz".

No i niestety to wszystko, co udało się zachować z jakiejś większej całości, zapewne listu.

– I cóż w tym wielkiego? – Majka wzruszyła ramionami. – Może Monika korespondowała z jakąś dziewczynką z NRD? W tamtych czasach kontakty z osobami z innych krajów bloku wschodniego były dobrze widziane. Tak mówił twój tata.

– Majka zwróciła się do mnie.

Rzeczywiście, ojczulek przy okazji wycieczki krajoznawczej zrobił nam wykład na temat życia w PRL.

– Tylko skąd znała niemiecki? – nie dawałam za wygraną.

– A skąd Michał zna niemiecki? – odpowiedziała pytaniem na pytanie Majka.

– Nie zapominaj, że w tamtych czasach nauka języków ob-

BLOK WSCHODNI (tzw. kraje demokracji ludowej, demoludy) – państwa Europy Środkowo-Wschodniej uznawane przez ZSRR za socjalistyczne.

Podczas drugiej wojny światowej Armia Radziecka odbiła tereny Europy Środkowo-Wschodniej z rąk niemieckich, co usankcjonowali obradujący na konferencji jałtańskiej przywódcy trzech zwycięskich mocarstw (USA, Wielkiej Brytanii i ZSRR). W ten sposób w zasięgu wpływów ZSRR znalazły się: Polska (PRL), Czechosłowacja, Węgry, Bułgaria i Rumunia, a także Niemiecka Republika Demokratyczna (NRD).

W państwach tych dokonano przekształceń ustrojowych (zwykle w sposób niedemokratyczny), podobnych do wcześniejszych przekształceń w ZSRR. W większości z nich stacjonowała Armia Radziecka, a granice z Europą Zachodnią były pilnie strzeżone. Blok istniał do początku lat 90. XX wieku.

cych nie była tak popularna jak dzisiaj. Oczywiście oprócz
rosyjskiego, którego wszyscy musieli uczyć się obowiązkowo
w szkole – zrewanżowałam się.
Ja również uważnie słuchałam
wywodów taty.

   – Mimo to mogło się zdarzyć,
że rodzice posyłali ją na lekcje
niemieckiego, bo dbali o jej wy-
kształcenie – upierała się Majka.

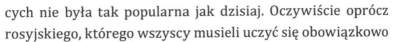

W PRL wszyscy, poczynając od
szkoły podstawowej, a skończywszy
na wyższych uczelniach, musieli uczyć
się **JĘZYKA ROSYJSKIEGO**, i był to
jeden z najważniejszych przedmiotów.

   Obowiązek ten wynikał z rządowego
nakazu i został wprowadzony głównie
w celach propagandowych. Miał
dowodzić solidarności Polaków
z radzieckimi braćmi i przedstawiać
ZSRR w jak najlepszym świetle,
co czasami przynosiło wręcz
przeciwny skutek.

   Obowiązek nauki języka rosyjskiego
zniesiono po 1989 roku.

– Może i tak. Z drugiej jednak strony... wedle legendy czarną wołgą jeździli księża, zakonnice, wampiry, sataniści, agenci SB, czyli Służby Bezpieczeństwa, albo... komuniści z NRD – oznajmił Michał.

Nie mogłam uwierzyć, że i on uległ tajemniczomanii.

– Taaa... zwłaszcza wampiry – próbowałam zbić go z tropu. – Poza tym... co komuniści z NRD mogli mieć do małej dziewczynki?

Władze PRL były niechętne **KOŚCIOŁOWI**, ponieważ wiara w Boga stała w sprzeczności z obowiązującą wówczas ideologią opartą na założeniach komunizmu i propagującą ateizm. Już w roku 1948 rozpoczęto akcje propagandowe przedstawiające katolicyzm jako wroga nowego systemu. Ponadto peerelowskie władze uważały Kościół za konkurencję w walce o wpływ na społeczeństwo. Kolejną przyczyną wrogości był fakt, że część duchowieństwa wspierała opozycję. Dlatego wielu duchownych było represjonowanych w PRL. Najdrastyczniejsze przykłady to uwięzienie prymasa Polski kardynała Stefana Wyszyńskiego i zamordowanie przez SB księdza Jerzego Popiełuszki.

Antykościelna propaganda przenikała najwyraźniej nawet do miejskich legend. Być może stąd pogłoski, że czarną wołgą jeździli księża i zakonnice.

SB (SŁUŻBA BEZPIECZEŃSTWA)

– organ bezpieczeństwa państwa działający w PRL w latach 1956–1989, ostatecznie rozwiązany w 1990 roku. Jego zadaniem było m.in. zapewnienie bezpieczeństwa wewnętrznego i zewnętrznego kraju.

Pod koniec istnienia (w 1989 roku) SB zatrudniała 24,3 tysiąca funkcjonariuszy, którzy kontrolowali 90 tysięcy tajnych współpracowników (TW), donoszących na niewygodnych dla władzy obywateli, a także wielu agentów wywiadu pośród obywateli obcych państw.

SB zwalczała opozycję, inwigilowała duchowieństwo, niezależne środowiska intelektualne oraz mniejszości narodowe w kraju. Funkcjonariusze SB często działali z naruszeniem prawa PRL, łamali prawa człowieka oraz stosowali tortury.

– Nie zapominaj, że jej ojciec był oficerem Ludowego Wojska Polskiego – upierał się Michał. – Może miał jakieś ważne informacje? Może uznano, że zagraża ustrojowi? Pamiętacie pułkownika Kuklińskiego, który poinformował Amerykanów o planach wprowadzenia stanu wojennego? Dla jednych jest bohaterem, dla innych zdrajcą, ale tamta władza z pewnością widziała w nim zdrajcę.

– Ale co do tego mają komuniści z NRD?

RYSZARD JERZY KUKLIŃSKI

(1930–2004) – pułkownik Ludowego Wojska Polskiego, pośmiertnie awansowany do stopnia generała brygady.

W latach 60. ubiegłego wieku współpracował z kontrwywiadem wojskowym PRL.

Od 1970 roku agent wywiadu amerykańskiej Centralnej Agencji Wywiadowczej (CIA), z którą współpracował pod pseudonimami „Jack Strong" i „Mewa" i której przekazał m.in. informację o planach wprowadzenia stanu wojennego w Polsce. Na krótko przed jego wprowadzeniem w 1981 roku pułkownik został ewakuowany przez CIA do Berlina Zachodniego (prawdopodobnie ucharakteryzowany na goszczącego w Warszawie mieszkańca Londynu, a następnie przetransportowany do USA, gdzie spędził 23 lata pod ochroną służb specjalnych. Do Polski przyjechał po raz pierwszy po ucieczce dopiero w 1997 roku. Do dziś wiele faktów z jego życia pozostaje tajemnicą.

13 GRUDNIA 1981 ROKU generał Wojciech Jaruzelski poinformował Polaków o wprowadzeniu w kraju stanu wojennego. Władzę przejęła Wojskowa Rada Ocalenia Narodowego, na której czele stanął generał. Było to odpowiedzią na strajki i rozwijający się w PRL ruch opozycyjny, zwłaszcza związany z NSZZ Solidarność.

W trakcie trwania stanu wojennego aresztowano i internowano ponad 10 tysięcy osób, przede wszystkim działaczy związanych z Solidarnością, a życie straciło (według różnych szacunków) od kilkudziesięciu do 100 osób, w tym 9 górników z kopalni Wujek (podczas pacyfikacji strajku). Na ulicach pojawiły się czołgi, wprowadzono godzinę milicyjną, a także kontrolę korespondencji oraz rozmów telefonicznych. Zawieszono na pewien czas działalność związków i stowarzyszeń. Stan wojenny zawieszono w grudniu 1982 roku, a zniesiono w lipcu 1983 roku.

– Na krótko przed wprowadzeniem stanu wojennego CIA ewakuowało Kuklińskiego do Berlina Zachodniego. Komuniści z NRD mogli być wmieszani w próbę przeciwdziałania takiej akcji.

O tym mój tata nam nie opowiadał. Michał musiał bardzo dobrze przygotować się do tej rozmowy.

– Tyle że mówimy o tacie Moniki, a nie o pułkowniku Kuklińskim – przypomniałam.

– Według innej teorii samochód krążył po zmroku, a jego kierowca porywał dzieci i upuszczał im krew dla umierających na białaczkę bogatych Niemców z RFN – dodał Maks. – To też by pasowało do tej niemieckiej karteczki. I pamiętacie... na tym rysunku z samochodu wypływała krew.

– Taaa... najpierw wysłali uprzejmy list, a potem ją porwali – ironizowałam.

– Może chcieli uśpić jej czujność! – ekscytowała się Majka.

CIA – Centralna Agencja Wywiadowcza (ang. *Central Intelligence Agency*) – utworzona w 1947 roku amerykańska agencja zajmująca się zdobywaniem i analizą informacji o zagranicznych rządach, korporacjach, a także indywidualnych osobach oraz przygotowywaniem na ich podstawie raportów dla rządu Stanów Zjednoczonych. CIA prowadzi również tajne operacje specjalne. Ma siedzibę w Langley (stan Wirginia), zatrudnia kilkanaście tysięcy osób oraz nieznaną liczbę agentów i współpracowników.

Do początku lat 90. jej tajne operacje i akcje dywersyjne za granicą miały na celu przede wszystkim przeciwdziałanie komunistycznej ekspansji, a więc również ograniczenie wpływów ZSRR na świecie.

I właśnie wtedy poczułam na plecach czyjś wzrok. Odwróciłam się i ujrzałam „gangstera" z piwnicy. Wyraźnie podsłuchiwał. Gdy zorientował się, że go dostrzegłam, uśmiechnął się dziwnie i odszedł bez słowa.

Dalszy ciąg naszej dyskusji zdominował temat wytatuowanego podsłuchiwacza. Majka była nawet skłonna uwierzyć, że jest on agentem służb nieistniejącej NRD.

Wieczorem zadzwoniłam do pani Ani. Monika rzeczywiście uczyła się niemieckiego. Moja rozmówczyni nie wiedziała jednak dlaczego.

– Nie interesowały mnie wówczas takie sprawy. Skoro się uczyła, to znaczy, że tak miało być. Nie zastanawiałam się nad tym.

Pamiętała tylko, że jako dziecko bardzo nie lubiła, gdy do przyjaciółki przychodziła germanistka, bo nie mogły się wtedy bawić.

Potem – sama nie wiem, jak to się stało – rozmowa zeszła na osobiste tematy. Opowiedziałam pani Ani, jak okropnie się czuję w związku z Michałem.

– Oj – zatroskała się – poczucie winy to nie jest dobry doradca. Tym bardziej że nie ma tu twojej winy. Tak to już jest, zwłaszcza gdy ma się naście lat. Nie od razu można trafić na tę jedyną osobę. Poza tym... choćbyś nie wiem jak się starała, nie masz wpływu na uczucia innych osób. Nawet własnych do końca nie kontrolujesz. I jeśli chcesz wiedzieć, to mnie też się zdarzało zmieniać obiekt uczuć, choć nie byłam chyba aż tak empatyczna jak ty w stosunku do zawiedzionych wielbicieli.

Jeszcze długo rozmawiałyśmy. O empatii, wrażliwości. Zakochiwaniu się. Odkochiwaniu. Samotności. O poczuciu winy i poczuciu odpowiedzialności. O mamie i tacie. O rozwodzie. Miałam wrażenie, że jeszcze nigdy żaden dorosły tak poważnie mnie nie potraktował, mimo że w pewnym momencie powiedziała do mnie „dziecko".

– Nie jest ci łatwo, dziecko – westchnęła, a ja poczułam, że moje oczy wilgotnieją.

Ledwo skończyłam rozmowę z panią Anią, na Skypie odezwał się tata.

– I znów widzimy się przez szkło monitora. Jak za szcze-
cińskich czasów – roześmiał się – ale... po prostu chciałem ci
powiedzieć dobranoc.

Był w wyjątkowo dobrym humorze. Wiedziałam dlaczego.
Nie musiałam go nawet o nic pytać. Czasami po prostu wiem
takie rzeczy. Spotkanie w rodzinnym gronie się udało, może
nawet nowi teściowie wreszcie go polubili.

Po raz kolejny odezwał się w mej głowie chochlik. Czar
wywołany rozmową z panią Anią prysł. Byłam wściekła.

Rozdział 6

CHUDY I PLANETA MARSJAŃSKA

Nie wspominałam o tym wcześniej, ale przyszywani kuzyni zrzeszeni w Tajnej Agencji Detektywistyczno-Eksploracyjnej poprosili mnie o prowadzenie kroniki śledztwa.

– No wiesz, ta cała afera wydarzyła się w twoim bloku – argumentował Maks, który ma awersję do pisania. Nie licząc oczywiście pisania skryptów czy jak im tam, tudzież innych działań komputerowych.

– Najlepiej z nas znasz panią Anię – dodał Michał, który tworzył kronikę naszego poprzedniego śledztwa i jak wyznał mi kiedyś w przypływie szczerości, okazało się to niezłą męką.

– I w ogóle – podsumowała Majka, która jest raczej człowiekiem czynu niż refleksji.

Tak więc padło na mnie.

Zgodziłam się, choć miałam mnóstwo obaw, czy podołam. I jak się okazało, nie były to obawy bezpodstawne. Właśnie przeczytałam dotychczasowe notatki i przyznam, że nie jestem z nich zadowolona. Przede wszystkim zabierając się do kronikarskiej pracy, obiecałam sobie, że będę opisywać tylko suche fakty, bo jak mi się wydawało, tak powinna wyglądać kronika detektywistyczna. W każdym razie żadnych osobistych wtrętów, przeczuć, zagłębiania się we własne i cudze uczucia, dygresji... W końcu miałam pisać kronikę, a nie pamiętnik. No i stwierdzam, że mimo usilnych starań niespecjalnie mi się udało wprowadzić własne założenia w życie. Za dużo w tej kronice użalania się nad sobą, marudzenia o Jacku, opisywania niejasnych przeczuć itp., itd.

Z drugiej strony wszystkie moje dotychczasowe, że tak się wyrażę, detektywistyczne sukcesy związane były z tym, że zagłębiałam się we własne i cudze emocje, skupiałam na przeczuciach i dywagowałam na pozornie niezwiązane ze śledztwem tematy. Nie mówiąc o tym, że sprawy osobiste co rusz plączą mi się z detektywistyczną robotą. Może więc dla dobra śledztwa nie powinnam się powstrzymywać przed opisywaniem tego wszystkiego. Może wręcz przeciwnie, za mało jest w mojej opowieści wynurzeń na tematy osobiste, refleksji o przyszywanych kuzynach i przede wszystkim za mało piszę o swoich nastrojach i intuicjach.

Z trzeciej strony mam teraz taki dziwny czas, że nie bardzo chcę się zagłębiać w te wszystkie uczucia, odczucia, przeczucia itp., itd. A zwłaszcza nie mam ochoty wywnętrzać się na ten temat na kartach (czy też może raczej w plikach) kroniki detektywistycznej.

Z tego wszystkiego sama już nie wiem, jak pisać, i jestem trochę zła, że się zgodziłam. No ale trudno. Najwyżej nie wyjdzie tak świetnie, jak bym sobie życzyła. Najważniejsze jest przecież to, żeby znaleźć Monikę, a nie żeby o tym pisać. A może to jednak również jest ważne? Dobra, kończę już te dywagacje, bo w przeciwnym wypadku nigdy się nie wyplączę z własnych myśli.

W poniedziałek z samego rana dostałam od pani Ani esemesa z informacją, że Chudy właśnie wrócił i ma dla nas jakieś interesujące informacje. Zanim jednak się do niego wybraliśmy, zaprowadziła nas do kolejnego punktu na mapie swoich dziecięcych zabaw, czyli na Planetę Marsjańską, która okazała się niewielkim osiedlem domków jednorodzinnych o osobliwym kopulastym kształcie. Mieściło się ono przy ulicy Ustrzyckiej, za torami, czyli rzut beretem od Pałacu Grzmotów.

Choć dawniej, jak twierdziła nasza przewodniczka, to wcale nie był taki rzut beretem. Przeciwnie, Planeta Marsjańska

„KOPULAKI" przy ulicy Ustrzyckiej, czyli osiedle Zakątek złożone z dwu- i trzykopułowych modernistycznych domków przypominających grzybki. Forma ta była prawdopodobnie skutkiem chęci obejścia ówczesnych przepisów, preferujących bloki wielorodzinne i ograniczających powierzchnię użytkową domów jednorodzinnych. Dlatego „kopulaki" wyglądają na niewielkie, a część metrażu ukryta jest w łukach.

Specyficzna budowa chroniła domki przed wilgocią i sprawiała, że łatwo było je ogrzać. Powstawały z półfabrykatów. Z uwagi na trudne do umeblowania wnętrza przyszykowano gotowe projekty aranżacyjne.

Koncepcję stworzyło Spółdzielcze Zrzeszenie Budowy Domów Jednorodzinnych Zakątek, które w 1956 roku wykupiło tereny na obrzeżach Warszawy. Ówczesne władze były niechętne prywatnemu projektowi, dlatego nie udało się go zrealizować w pełnym wymiarze.

wydawała się dziewczynkom naprawdę odległa. A okrągłe domki też robiły inne wrażenie.

– Ojej, nie miałam pojęcia, że są takie maleńkie. Naszym zdaniem były całkiem spore. Lubiłyśmy wyobrażać sobie, że mieszkają w nich Marsjanie, i zastanawiałyśmy się, jak ludzie, czy może raczej kosmici – roześmiała się – ustawiają w nich meble. Czy ich szafy, łóżka i regały też mają zaokrąglone kształty.

Okazało się, że na Ustrzyckiej również nastąpiły zmiany. Między innymi część domków została rozbudowana o tradycyjne kanciaste formy, które zapewne miały zwiększyć powierzchnię mieszkalną.

Wizyta na Planecie Marsjańskiej przywołała wspomnienie, które mogło się okazać pomocne w naszym śledztwie.

– Słuchajcie – nasza przewodniczka nagle się ożywiła – właśnie przypomniałam sobie pewną rozmowę. To było podczas jednej z ostatnich wypraw do okrągłych domków, krótko przed zniknięciem Moniki. Rozmawiałyśmy o UFO, podróżach kosmicznych i życiu na innych planetach. W pewnym momencie Monika powiedziała coś takiego: „Czasem trzeba wyjechać gdzieś bardzo, bardzo daleko". Wówczas nie zwróciłam uwagi, że mówiła to dziwnie smutnym głosem, dopiero dziś tak to odbieram, odparowałam więc wesoło: „Na przykład na Marsa!". Monika uśmiechnęła się blado i odparła: „Tak, na przykład do innego świata".

– Może jednak miała przed panią jakieś tajemnice? – powiedziałam cicho. – I może wiedziała lub przeczuwała, że zniknie?

– Żyłyśmy w świecie fantazji, we własnych wykreowanych krainach, więc oczywiście nie odebrałam wówczas tego w ten sposób, ale... kto wie?

Po powrocie z wyprawy na Planetę Marsjańską czułam się niesamowicie zmęczona, choć, jak już wspomniałam, nie była to daleka wycieczka. Tak zmęczona, że nie mogłam się powstrzymać i ucięłam sobie drzemkę. Właśnie wtedy przyśniła mi się Monika. I tak dziwne, że nastąpiło to dopiero teraz. Zwykle dużo śnię i te sny okazują się bardzo przydatne. Podczas ostatnich wakacji pomogły nam rozwikłać zagadkę zaginionych dzieł sztuki. Ostatnio jednak mam jakąś blokadę. Nawet jeśli coś mi się przyśni, to po przebudzeniu nie jestem w stanie tego odtworzyć. Tym razem się udało. Śniłam o Monice, choć wcale jej nie widziałam, ponieważ cały czas znajdowała się za moimi plecami, jakby ktoś ją do nich przyczepił. Ale czułam, że to ona. Byłam tego na sto procent pewna. Kilkakrotnie próbowałam zrobić gwałtowny zwrot, aby wreszcie stanąć z nią twarzą w twarz, jednak na nic się to nie zdawało. Nie mogłam jej zobaczyć, tak jak nie można

zobaczyć tyłu swojej głowy. No chyba że za pomocą dwóch luster. W tym śnie przyszło mi nawet do głowy, że przecież mogłabym tak zrobić. Stanąć tyłem do dużego lustra i nagle, zanim Monika się zorientuje, wyciągnąć mniejsze lusterko, żeby dojrzeć to, co się odbija w tym dużym. Tak jak to robi fryzjer, gdy chce pokazać, jak pięknie ostrzygł komuś włosy z tyłu. Zanim jednak zdążyłam wprowadzić ów pomysł w czyn, usłyszałam (również za swoimi plecami) dobrze mi znany głos chochlika, który każe mi złościć się na tatę. Chochlik powiedział do Moniki: „Chodź ze mną i nie oglądaj się za siebie, bo inaczej zamienisz się w kamień!". Dokładnie tak jak w bajce, której tytułu nie pamiętam. I Monika poszła. Nie widziałam tego, ponieważ, jak już wspomniałam, wszystko rozgrywało się za moimi plecami, ale czułam, że tak się stało, i byłam pewna, że dziewczynka z przeszłości nigdy już do mnie nie wróci. I nagle, wciąż we śnie, zdałam sobie sprawę, czyim głosem mówi do mnie chochlik. Był to głos, który doskonale znam. Głos, który towarzyszy mi od urodzenia. Dziwne, że wcześniej go nie rozpoznałam. Obudziłam się, czując w sobie niesamowitą wściekłość. Poszłam do pokoju mamy i zupełnie jakby kierował mną ktoś z zewnątrz, zrobiłam jej awanturę o kompletny drobiazg.

We wtorek po południu cała ekipa stawiła się na spotkanie z tajemniczym Chudym, który wedle pani Ani miał wnieść do śledztwa jakieś nadzwyczajne informacje. Nasza przewodniczka spóźniła się nieco. Pod blok podwiózł ją znany nam już szpakowaty „młodzieniec" w czarnej terenówce.

– Przepraszam – usprawiedliwiała się – tak to już jest, gdy spotkasz się ze znajomym z dawnych czasów. Ale teraz do roboty. Do tej pory skupialiśmy się głównie na wizjach lokalnych, a dziś przesłuchamy – mówiąc to, puściła do nas oczko – jednego z najważniejszych świadków. Uprzedziłam go, że przyjdziemy razem.

Ważny świadek mieszkał na pierwszym piętrze, przy windzie. Pani Ania energicznie nacisnęła dzwonek. Po chwili drzwi się otworzyły i stanął w nich… Nie uwierzycie, „gangster" z piwnicy! Byłam tak zaskoczona, że zanim się spostrzegłam, mimowolnie zadałam idiotyczne pytanie:

– Ale dlaczego… Chudy?

Przypak się roześmiał.

– Moja droga – rzekł – wierz mi lub nie, ale kiedyś wyglądałem nieco inaczej. Byłem najmniejszy i najchudszy na podwórku.

– Ale za to najfajniejszy – wtrąciła szybko pani Ania i powiedziała to w taki sposób, że chyba nikt nie miał wątpliwości co do szczerości jej słów. Nie wyłączając samego zainteresowanego.

Ciekawe tylko, czemu ten przesympatyczny człowiek podsłuchiwał naszą naradę detektywistyczną... Widziałam, że resztę ekipy również męczy to pytanie, ale wszyscy najwyraźniej byli tak zaskoczeni, że nikt go z siebie nie wydusił.

– Naprawdę? – ucieszył się gangst... o, przepraszam, Chudy. – Szkoda, że wtedy tego nie wiedziałem.

– No co ty?! Myślałam, że było widać, jak bardzo cię z Moniką lubimy.

– A kto by tam za wami trafił? – Olbrzym się roześmiał. – Zawsze chodziłyście własnym drogami, jak koty. Dawniej nie myślałem o tym w ten sposób, ale dziś widzę, że już wtedy byłyście inne niż reszta dzieciaków z podwórka.

– Przesadzasz.

– Tak było. Dziewczyny grały w gumę, wy łaziłyście po drzewach... Ale nie będziemy przecież tak stać w progu. Właźcie!

I zaprosił nas do przytulnego pokoju, po którym kręciły się trzy koty. Jeden bez oka, drugi kulawy, a trzeci najwyraźniej bardzo stary.

– Specjalnie dla was upiekłem ciasto marchewkowe! – Przypak zaprosił nas do stołu.

Usiedliśmy wszyscy na niewiarygodnie wygodnych fotelach, przy czym Chudy (wciąż nie mogę się przyzwyczaić do tej ksywki) musiał najpierw eksmitować koty, które po przywitaniu się z nami natychmiast na nie wskoczyły.

– A więc to jest ta słynna detektywistyczna ekipa, o której tyle mówiłaś.

Jego wzrok zatrzymał się dłużej na Majce, przy czym olbrzym zrobił taką minę, jakby chciał powiedzieć: „Proszę, proszę, jest nawet niszczycielka trawników, kto by pomyślał?!".

Majka najwyraźniej zrozumiała ten komunikat, ponieważ z miejsca zaczęła się tłumaczyć:

– Ja wtedy... no... po prostu prowadziłam śledztwo.

– A czy ja coś mówię? – Chudy się roześmiał i widząc pytające spojrzenie pani Ani, machnął ręką, że nie ma o czym mówić, że nieważne. – Przejdźmy lepiej do meritum. Rozumiem, że z pomocą tych bystrych młodych ludzi chcesz odnaleźć jakieś ślady, które pomogłyby wyjaśnić, co się właściwie stało z Moniką.

Pani Ania kiwnęła głową.

– Cóż, byłaś jej najlepszą przyjaciółką, więc pewnie wiesz najwięcej, ale oczywiście postaram się pomóc.

– Przede wszystkim czy wówczas... przed zniknięciem albo po zniknięciu... nie zauważyłeś czegoś dziwnego?

– Prócz tego, że wszystkie dzieciaki gadały o porwaniu przez bandziora z czarnej wołgi?

Pani Ania kiwnęła potakująco głową.

– Ona już od pewnego czasu była trochę inna, jakby coś jej ciążyło. – Chudy się zadumał.

– No widzisz! Ja, przyjaciółka, nie zauważyłam, a ty to spostrzegłeś.

– Naprawdę nie dostrzegłaś żadnej zmiany?

– Jakąś może i dostrzegłam. Na przykład taką, że Monika, zamiast bawić się na podwórku, całymi dniami siedzi w domu i czyta. Ale nie dopatrywałam się w tym drugiego dna. Po prostu byłam zła, że nie poświęca mi tyle czasu, co wcześniej. Strasznie musiałam być egocentryczna.

– To by potwierdzało tezę, że Monika musiała coś przeczuwać albo nawet wiedzieć – wtrącił się Maks.

– Inna rzecz, że Monika była bardzo wrażliwa, więc za jej stanem mógł się kryć całkiem banalny powód, niekoniecznie nadciągające nieszczęście – zauważył Chudy.

– A ja myślę, że przeczuwała nadciągające nieszczęście – upierał się Maks.

– Pamiętam te jej koszmary. Czarny samochód pełen krwi...

– Mówiła ci o swoich koszmarach? Mnie nigdy. Gdyby nie to, że przytrafił jej się taki sen, kiedy nocowała u nas w domu, do dziś bym o tym nie wiedziała.

– Może się obawiała – Chudy zamilkł na chwilę, jakby szukał właściwych słów – że jej nie zrozumiesz. Byłaś taką twardzielką, biłaś się z chłopakami i nikt na podwórku ci nie podskoczył, a ona... ona była inna i doskonale zdawała sobie z tego sprawę. Z drugiej strony... wszyscy na swój sposób lubiliśmy strach, uwielbialiśmy ten dreszczyk, może stąd te opowieści...

O czarnej wołdze. O szalonej małpie, która kradła noże i potrafiła wskoczyć nawet na dziesiąte piętro, żeby kogoś zabić... Ale Monika nie lubiła się bać. Ona po prostu się bała. Możliwe więc, że tak się tych naszych opowieści wystraszyła, że śniły się jej po nocach.

– Ja myślę, że już wcześniej ktoś próbował ją porwać. Stąd te koszmary – powiedział Maks.

NIEZALEŻNY SAMORZĄDNY ZWIĄZEK ZAWODOWY SOLIDARNOŚĆ powstał na fali strajków w 1980 roku jako pierwsza w krajach bloku wschodniego niezależna od władz legalna organizacja związkowa. W ciągu roku Solidarność zyskała wielką akceptację społeczną (w 1981 roku liczyła niemal 10 milionów członków, czyli ok. 80% pracowników państwowych). Organizacje związkowe powstały we wszystkich przedsiębiorstwach i instytucjach – władze nie dopuściły tylko do powołania ich w Wojsku Polskim i Milicji Obywatelskiej.

Porozumienia podpisane w Gdańsku 31 sierpnia 1980 roku przez komisję rządową i Międzyzakładowy Komitet Strajkowy oraz powstanie Solidarności stały się początkiem przemian w Polsce i całym bloku wschodnim, które ostatecznie doprowadziły do obalenia komunizmu w Europie.

– I to są te twoje zaskakujące tropy? – spytała pani Ania, jakby trochę zła, że Chudy najwyraźniej znał jej najlepszą przyjaciółkę lepiej niż ona.

– Jest coś jeszcze. Pamiętasz ciotkę? Tę, która mieszkała przy Sanockiej?

– Nooo... faktycznie. Raz chyba nawet u niej byłyśmy.

– Spotkałem ją przypadkiem parę lat temu. Siostra pani Nowak. Bardzo ciekawa osoba, współpracowniczka KOR, a potem działaczka Solidarności. Przyszło mi więc do głowy, że sprawa mogła mieć podłoże polityczne.

Sami rozumiecie, tu KOR, a tu oficer Ludowego Wojska i być może członek PZPR.

Nie do końca chyba to rozumieliśmy, ale nie mieliśmy innego wyjścia, niż uwierzyć Chudemu na słowo.

– Kto wie, może pani Nowak miała poglądy podobne do siostry. Pojawił się rozdźwięk w rodzinie i stąd ten rozwód? – zastanawiał się Chudy.

– Jaki znowu rozwód?! – wykrzyknęła pani Ania.

– Nie wiedziałaś? – zdziwił się Chudy. – Prawdę mówiąc, ja też nie miałem pojęcia, dopóki przed kilku laty nie powiedziała mi o tym ciotka Moniki z Sanockiej. Ale byłem pewien, że tobie Monika się zwierzyła.

– Powiedziała mi tylko, że mama wyjechała opiekować się chorą ciocią. – Pani Ania wyglądała na zaszokowaną.

– Może naprawdę tak myślała. Może tak jej to na początku tłumaczyli.

Nagle wszystko ułożyło mi się w sensowną całość.

PZPR (POLSKA ZJEDNOCZONA PARTIA ROBOTNICZA) została

utworzona w 1948 roku przez połączenie Polskiej Partii Robotniczej i Polskiej Partii Socjalistycznej po wykluczeniu działaczy przeciwnych fuzji oraz tych, którzy, według jej inicjatorów, deklarowali nieodpowiednie poglądy.
Rządziła w PRL w latach 1948–1989.

Była podporządkowana partii komunistycznej ZSRR (zwłaszcza do 1956 roku).
Ideologicznie nawiązywała do doktryny marksizmu-leninizmu.

Oficjalnym celem PZPR było doprowadzenie do budowy socjalistycznego „państwa ludowego", w którym panują równość i dobrobyt. W rzeczywistości partia dążyła do kontrolowania wszystkich przejawów życia społecznego.

W szczytowym okresie liczyła miliony członków i kandydatów.
Rozwiązana w 1990 roku.

– A nie mówiłam?! – wykrzyknęłam tryumfalnie. – Miałam przeczucie, że się rozwiedli, i sprawdziło się!

Majka, Michał i Maks milczeli. Nie mogli zaprzeczyć.

– To było porwanie rodzicielskie! Jestem tego pewna! Pani Nowak porwała córkę, bo... bo... chciała, żeby Monika była z nią, nie z ojcem.

– Nie można tego wykluczyć – przyznał Chudy.

Prawie zaczynałam go lubić.

– A ja bym obstawiał kwestie polityczne – mruknął wreszcie Michał.

– Czarna wołga! – wykrzyknęli w duecie Majka i Maks.

Jeśli liczyliśmy na to, że dzięki Chudemu coś się wreszcie wyklaruje, to byliśmy w błędzie. Hipotezy pączkowały jak dobrze podgrzane drożdże.

– Ale... jak ty to wszystko od tej ciotki wyciągnąłeś? – nie mogła się nadziwić pani Ania. – Z tego, co pamiętam, była dość skrytą osobą.

– Karmiciel kotów zawsze się z karmicielem kotów dogada. Ona też z „branży". Może stąd to zaufanie do mnie. W pewnym momencie zapytała, gdzie działam, i wyszło na jaw, że w tym bloku mieszkała kiedyś jej siostra. Tak to się zaczęło...

Znów mnie zatkało. A więc to ten osiłek, ten mięśniak bez karku tak wspaniale troszczy się o koty w naszej piwnicy!

– Wracałem z jakiegoś spaceru – ciągnął koci dobroczyńca – i zobaczyłem sympatyczną starszą panią wykładającą karmę pod krzakiem. Zagadnąłem ją. Odbyliśmy kilka niezobowiązujących rozmów. Głównie o kotach: czym karmić, jak się zarejestrować, gdzie sterylizować, jak sobie radzić z niechętnymi lokatorami, jaką trawę zasadzić przed blokiem, żeby koty miały się gdzie paść...

Osoby opiekujące się

WOLNO ŻYJĄCYMI KOTAMI

mogą zarejestrować się w urzędzie gminy, miasta lub dzielnicy. Otrzymują wówczas status społecznego opiekuna kotów wolno żyjących i wsparcie w opiece nad kotami (np. w postaci karmy i dostępu do usług weterynaryjnych). Karmiciel wolontariusz wspomaga wówczas radę gminy w jej ustawowym obowiązku opieki nad wolno żyjącymi kotami. Warto przy okazji wspomnieć, że wszelkie zakazy i utrudnianie dokarmiania kotów wolno żyjących są sprzeczne z zapisami Ustawy z dnia 21 sierpnia 1997 roku o ochronie zwierząt.

W tym momencie Majka znów zrobiła niepewną minę. Najwyraźniej zdała sobie sprawę, że szukając skarbów, rozkopała kocie „pastwisko".

– Nie mogę sobie darować, że nie pociągnąłem jej wtedy za język na temat Moniki – kontynuował Chudy. – Ale nie chciałem być namolny i rozdrapywać starych ran. Raz próbowałem ją na ten temat zagadnąć, ale ni z tego, ni z owego zmieniła temat i zaczęła opowiadać o Stanisławie Pyjasie.

– Dziwne. – Pani Ania się wzdrygnęła i chyba nawet trochę zbladła, jakby usłyszała coś bardzo, bardzo nieprzyjemnego, by nie powiedzieć: przerażającego.

Obiecałam sobie, że dopytam ją potem, kim był ten Pyjas. Jakimś wspólnym znajomym? Ale później kompletnie wyleciało mi to z głowy.

– To może... to może – rozentuzjazmowała się Majka – my też wybierzemy się do tej cioci?

– Czemu nie? – pochwalił pomysł Chudy. – Co prawda dawno już jej nie widziałem. Inna rzecz, że nie bardzo się o to starałem. Ale wy możecie spróbować. Może wciąż tam mieszka? Jeśli ktoś coś wie na temat zniknięcia Moniki, to tylko ona. Jeżeli chcecie, pójdę z wami. Dobrze, gdy kobieta zobaczy z wami zaprzyjaźnionego karmiciela.

Na pożegnanie Chudy wszystkich nas wyściskał.

– Fajna z was ekipa – rzekł. – Przyznam, że wczoraj przypadkiem podsłuchałem fragment waszej rozmowy. Wybaczcie, ale nie mogłem się powstrzymać. Wiedziałem już, że Ania przyprowadzi mi młodych detektywów, i od razu zacząłem się zastanawiać, czy nie o was chodzi. No i się sprawdziło. – Roześmiał się. – A swoją drogą, muszę przyznać, że ciekawie kombinujecie.

Kiedy wyszliśmy od Chudego, dopadł nas sąsiad, pan Janicki. Sympatyczny starszy człowiek, którego pani Ania nie zdążyła jeszcze „przesłuchać". Z pewnością nie był już dzieckiem, kiedy zniknęła Monika, i nie znał krążących wśród małolatów pogłosek. Tym większą wagę, przynajmniej zdaniem moich przyjaciół, miały jego słowa:

– Wiem, że zbieracie informacje na temat zniknięcia Moniczki. Otóż zapamiętałem pewien fakt. Może mało znaczący, ale nie zaszkodzi, jeśli się nim z wami podzielę. W dniu, w którym najprawdopodobniej to się stało, widziałem, jak wsiada z jakimś, jak mi wyjaśniła, krewnym do czarnej taksówki marki Wołga.

Zaskakująca informacja potwierdziła koncepcję moich przyjaciół, wedle której w zniknięcie Moniki zaangażowani byli nieznani sprawcy poruszający się czarnym samochodem produkcji radzieckiej.

– Kto wie, być może za kierownicą siedział wtedy facet z blizną, który ostatnio się tu kręci i nie wiadomo po co robi zdjęcia – zadumał się Maks.

Dla mnie jednak był to argument przemawiający za porwaniem rodzicielskim.

– Przecież w samochodzie siedział krewny! Zapewne ze strony mamy, która pomagała w całym procederze. A że taksówka była marki Wołga i miała czarny kolor, to już kompletny przypadek.

– Nie za dużo tych przypadków? – wtrąciła Majka.

– Poza tym tamta osoba mogła się tylko podawać za krewnego – nie dawał za wygraną Maks. – To często stosowana ściema, żeby zdobyć zaufanie dziecka.

– Nie zapominajcie – postanowiłam użyć najsilniejszego argumentu – że już jedno moje przeczucie w tym śledztwie się sprawdziło.

Niestety, nie zrobiło to na nich wielkiego wrażenia.

Po powrocie do domu ułożyłam się w swoim pokoju ze słuchawkami na uszach, żeby jakoś zebrać myśli. Słuchanie „hałasu" (jak określała to mama) zawsze mi w tym pomagało. Nie tym razem jednak. Zdjęłam więc słuchawki i właśnie wtedy przypadkiem podsłuchałam, jak mama rozmawia z tatą przez telefon.

– Powiedziałeś jej? Jeszcze nie?! Nawet twoi nowi teściowie już wiedzą, tylko córki nie raczyłeś uświadomić! – oburzyła się. – Przecież widujecie się teraz przynajmniej raz w tygodniu. Jak to: „nie złożyło się"? Właśnie po to wróciłam do Warszawy, żeby ci się składało. Żeby córka miała kontakt z ojcem. Nie masz pojęcia, ile mnie to kosztowało. Rzuciłam pracę w Szczecinie akurat w chwili, kiedy kroił mi się awans. Dobrze. Masz rację. Przyznaję. Może i ta wyprowadzka do Szczecina to był rodzaj ucieczki. Byłam na ciebie taka wściekła... I chyba przyznasz, że nic w tym dziwnego... Ale przecież... wszystko naprawiłam, więc bardzo cię proszę...

Ale nie usłyszałam, o co mama tatę prosi, ponieważ ściszyła głos i zamknęła uchylone drzwi do swojego pokoju.

Rozdział 7

SĄSIADKA

Jak się okazało, ciotka Moniki mieszkała w jednym z budynków, które pokazywał nam mój tata. Było to dzieło słynnej, jak nas zapewniał, pary architektów Zofii i Oskara Hansenów, którzy starali się tak projektować bloki, by ludziom dobrze się w nich mieszkało. Rzeczywiście, blok sprawiał wrażenie sympatycznego i bardzo zacisznego, z mnóstwem zieleni na podwórku, stolikiem do gry w szachy, metalową huśtawką, która stanowiła chyba pozostałość po dawnym placu zabaw. Wkrótce staliśmy się tam częstymi gośćmi. Bywało, że pukaliśmy do drzwi ciotki Moniki nawet dwa razy dziennie. Niestety, nikt nie otwierał.

W międzyczasie uzupełnialiśmy braki w wykształceniu. Chcieliśmy chociaż mniej więcej wiedzieć, czym zajmowała się ciotka Moniki. O Solidarności oczywiście słyszeliśmy. Ale KOR? Ten skrót niewiele nam mówił. Okazało się, że chodzi o Komitet Obrony Robotników, polską organizację opozycyjną, która pomagała robotnikom prześladowanym przez władze PRL z powodu strajków z 1976 roku, kiedy to ludzie wkurzyli się, ponieważ rząd zapowiedział horrendalne podwyżki cen żywności. Do protestów doszło między innymi w niedalekim Ursusie, gdzie produkowano wówczas traktory.

CZERWIEC 1976 ROKU – fala strajków

i demonstracji, w których udział wzięło 70–80 tysięcy osób. W Ursusie i Płocku demonstracje zakończyły się starciami z MO, a w Radomiu – dramatycznymi walkami ulicznymi. Uczestników poddano represjom.

Bezpośrednią przyczyną protestu była zapowiedziana przez premiera Piotra Jaroszewicza drastyczna podwyżka cen (m.in. mięsa i ryb – 69%, nabiału – 64%, ryżu – 150%, cukru – 90%). Przyczyniły się do nich także niesprawiedliwe rekompensaty (zarabiający poniżej 1300 zł mieli otrzymać 240 zł, zarabiający powyżej 6000 zł – 600 zł).

Podwyżki zaplanowano z powodu kryzysu gospodarczego, który wywołała nadmierna konsumpcja na kredyt w okresie, gdy I sekretarzem Komitetu Centralnego PZPR był Edward Gierek. Ostatecznie władza wycofała się z pomysłu wprowadzenia podwyżek.

Władza bezwzględnie rozprawiła się z demonstrantami. Członkowie KOR organizowali pomoc lekarską dla pobitych przez ZOMO robotników, szukali prawników, którzy pomogliby uwięzionym, zbierali dla nich pieniądze i kontaktowali się z ich rodzinami.

ZOMO (Zmotoryzowane Odwody Milicji Obywatelskiej) – formacja powołana w 1956 roku do zaprowadzania porządku w sytuacjach wyjątkowych (dosł. „do likwidacji zbiorowych naruszeń porządku publicznego"), do udzielania pomocy ludności w czasie klęsk żywiołowych, katastrof, epidemii, a także ochrony imprez masowych.

Impulsem do powołania ZOMO były strajki i demonstracje poznańskiego Czerwca 1956 roku, które uwidoczniły brak przygotowania wojska i milicji do pacyfikowania dużych rozruchów ulicznych.

W latach 80. oddziały ZOMO wykorzystywane były głównie do rozpraszania demonstracji opozycyjnych. Krytykowane za brutalność i bezwzględność działania, ZOMO zostało rozwiązane w 1989 roku jako negatywny symbol władzy PRL. W ich miejsce powołano Oddziały Prewencji Milicji Obywatelskiej, przekształcone w 1990 roku w Oddziały Prewencji Policji.

Jeżeli ojciec Moniki był zwolennikiem ówczesnej władzy, to rzeczywiście w rodzinie mogły pojawić się kłótnie. Zwłaszcza jeśli jej mama podzielała przekonania siostry.

Dyskutowałam o tym wszystkim z panią Anią w drodze na ulicę Sanocką (właśnie wypadł nasz dyżur na pukanie do drzwi ciotki opozycjonistki), gdy nagle moja rozmówczyni zrobiła dobrze mi znaną minę człowieka, który ujrzał ducha.

– A to... skąd masz? – wyjąkała, wskazując na mój pasek.

Trzeba w tym miejscu zaznaczyć, że dzień wcześniej odkryłam w jednej z szuflad znaleziony w piwnicy pasek z ćwiekami i postanowiłam się weń wystroić.

– To... znalazłam w piwnicy.

– Przecież pokazywałaś mi już rzeczy z piwnicy, a paska tam nie było. Z pewnością bym go zauważyła.

– No fakt, gdzieś mi się zapodział, wepchnęłam go do szuflady i dopiero wczoraj się odnalazł. Alc... czy to źle, że go włożyłam?

– Nie, ależ skąd, tylko...

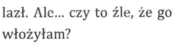

I okazało się, że pasek z ćwiekami to kolejny „magiczny" przedmiot, który otworzył pamięć pani Ani na wspomnienia związane z Moniką.

Otóż po wyprowadzce pana Nowaka do jego mieszkania wprowadziło się małżeństwo z synem o rok starszym od pani Ani.

– Muszę chyba mieć szczęście do tego mieszkania, bo od razu się zaprzyjaźniłam z tym chłopakiem. Podejrzewam nawet, że trochę się we mnie podkochiwał. W latach osiemdziesiątych Marcin... zwróć uwagę, że jego imię zaczyna się na literę M, tak jak imię Moniki....

Westchnęłam w duchu, bo też mam wielu przyjaciół na literę M.

– A więc w latach osiemdziesiątych Marcin zaczął punkować.

– Punkować?

– Znaczy... został punkiem – uściśliła pani Ania.

PUNK – subkultura młodzieżowa zapoczątkowana na zachodzie Europy w latach 70. XX wieku. Wywodzi się z Anglii, przeżywającej wówczas kryzys ekonomiczny. Angielscy punkowcy, sfrustrowani brakiem nadziei na lepsze jutro, głosili hasła: „No future" („Bez przyszłości") oraz „Anarchy" („Anarchia").

Słowo „punk" oznacza w języku angielskim śmieci, rzeczy bezwartościowe, co dobrze oddaje buntowniczy i prowokacyjny charakter subkultury, podobnie jak charakterystyczny strój (irokezy, kurtki z ćwiekami, agrafki, łańcuchy) i muzyka zwana punk rockiem.

W Polsce ruch punk rozwinął się w latach 80. XX wieku i podobnie jak na Zachodzie można go uznać za reakcję na panujący wówczas kryzys. Tyle że na Zachodzie dotyczyło to agresywnego kapitalizmu, a w Polsce – życia w państwie tzw. realnego socjalizmu.

– Aaa...

– Nosił irokeza, kolczyki, skórzaną kurtkę z ćwiekami.

– I pasek – domyśliłam się.

Moja rozmówczyni znów przytaknęła.

– Byliśmy nierozłączni. Chodziliśmy razem do Remontu na koncerty Xenny i Dezertera.

– Remontu?

– Klubu studenckiego Riviera Remont, w którym występowały pierwsze zespoły punkrockowe.

– Moim rodzicom nie bardzo się to podobało. Owszem, lubili Marcina, ale uważali, że pomieszało mu się w głowie i na dodatek wciąga mnie w złe towarzystwo. Bo miałam wśród tych „dziwadeł", jak mawiała mama, mnóstwo kolegów i koleżanek. Znajomości Marcina nie ograniczały się tylko do środowiska punkowego. To dzięki niemu poznałam Wojtka. Pewno go kojarzysz, bo przyjeżdża czasem po mnie czarną terenówką. Z kolei przez Wojtka poznałam Andrzeja, swoją wielką młodzieńczą miłość.

REMONT (RIVIERA REMONT)

– klub studencki przy ul. Waryńskiego w Warszawie, założony w 1973 roku. Już pod koniec lat 70. stał się miejscem spotkań warszawskich punków. W 1978 roku zagrała tu brytyjska grupa Raincoats; jak głosił napis na afiszu, był to „pierwszy koncert punk rock w Polsce". Od początku 1979 roku odbywały się tu Sound Cluby – spotkania przy nowej muzyce (również punkowej) puszczanej z płyt. Warto pamiętać, że punk rocka nie nadawano wówczas w radiu czy telewizji. Przedostawał się do PRL dzięki osobom, które przywoziły nagrania z Zachodu.

Z klubem związane były pierwsze zespoły punkrockowe, m.in. Tilt, Kryzys, Brygada Kryzys, TZN Xenna, Poland. Oprócz koncertów w działającej w klubie Galerii Post Remont odbywały się artystyczne performanse łączone z punk rockiem.

Nie chciałam tego, ale gdy pani Ania powiedziała o młodzieńczej miłości, nagle pomyślałam o Jacku i zrobiło mi się smutno. Nie pisałam o nim ostatnio zbyt wiele, ponieważ, jak już wcześniej wspomniałam, miałam wątpliwości, czy ten temat w ogóle powinien znaleźć się w kronice. Tymczasem sporo się w międzyczasie wydarzyło. Od opisanej tu ostatnio rozmowy, podczas której Jacek obiecał... No, może wcale nie obiecał, może tylko rzucił luźny pomysł, a ja zgodnie z życzeniowym myśleniem uznałam go za obietnicę... Tak czy inaczej... wspomniał o tym, że planuje odwiedzić mnie w Warszawie. I od tego czasu dość często się kontaktowaliśmy. A to spotkanko na Skypie, a to esemes, rozmowa przez telefon, wiadomość na Messengerze, lajkowanie postów, komentarze i różne inne sygnały wzajemnej sympatii. Głównym tematem naszych rozmów była właśnie wizyta w Warszawie. Planowaliśmy, co będziemy razem robić, gdzie go zabiorę, co mu pokażę itp., itd. Wyznał mi nawet, że być może uda mu się wpaść do mnie jeszcze przed wakacjami, bo jego mama wybiera się do jakiejś cioci mieszkającej pod Warszawą, spróbuje więc do tej wycieczki się podczepić. Tymczasem od kilku dni Jacek milczał. Próbowałam zahaczyć go na Fejsie, wysłałam mu esemesa. Zero odzewu. Zgodnie ze swoją katastroficzną wizją świata zaczęłam się obawiać, że stało mu się coś bardzo, bardzo złego. Zwłaszcza że przez te wszystkie dni nie wykazywał żadnej aktywności na FB. Nawet miałam zamiar napisać do Pauli, czy wszystko z nim okej. Tymczasem on nieoczekiwanie uaktywnił się na Facebooku i zmienił zdjęcie profilowe – muszę przyznać, że na tym nowym wygląda naprawdę super, nawet lepiej niż na poprzednim. Udostępnił też kilka zdjęć z zawodów aikido, w których brał udział. Zajął drugie miejsce! Ale niestety nie odpowiedział na żadną z moich wiadomości.

– Hej, jesteś tam? – przerwała mój wewnętrzny monolog pani Ania.

– Tak, tak – kiwnęłam głową – przepraszam. Trochę się zamyśliłam.

– Pogaduchy? – spytała jak zwykle, gdy wyczuwa, że coś mnie dręczy, i chce wyciągnąć mnie na zwierzenia.

Pokręciłam głową, naprawdę nie miałam ochoty wywnętrzać się na temat Jacka. Wolałam tematy z przeszłości. Może to okropne, ale zauważyłam, że zagłębiając się w tę mroczną zagadkę sprzed lat, zapominam o własnych problemach.

– O czym to ja mówiłam? – zadumała się pani Ania.

– O Andrzeju, wielkiej miłości.

– No tak, rzeczywiście. Obaj, to znaczy Andrzej i Wojtek, należeli wówczas do ruchu WiP. To się rodzicom jeszcze mniej podobało, szczególnie tacie. Córka oficera, a zadaje się z ludźmi, którzy odsyłają książeczki wojskowe. Dzisiaj rozumiem, że ojczulek obawiał się, że straci przeze mnie pracę i nie będzie miał z czego utrzymać rodziny. Ale wówczas byłam strasznie radykalna. Moje nowe znajomości otworzyły mi oczy na rzeczy, z których wcześniej nie zdawałam sobie sprawy.

Pani Ania spojrzała na mnie i chyba się połapała, że nie bardzo rozumiem, o czym mówi.

– Pewno nie wiesz, co to WiP?

– Nie mam pojęcia – przyznałam. – Kojarzy mi się to tylko z VIP-ami.

Roześmiałyśmy się obie.

– WiP, czyli ruch Wolność i Pokój, to polskie pacyfistyczne ugrupowanie opozycyjne. Powstało... zaraz, zaraz... – moja rozmówczyni się zamyśliła. – W 1985 roku? Tak, w 1985. Wkrótce po tym, jak uwięziono Marka Adamkiewicza, działacza Niezależnego Zrzeszenia Studentów, który odmówił złożenia przysięgi wojskowej. Adamkiewiczowi się nie podobało, że musi przysięgać na przyjaźń polsko-radziecką, a między innymi taki zapis znajdował się wówczas w przysiędze.

PACYFIZM – pogląd głoszący konieczność zaprzestania wojen, a także ruch społeczno-polityczny działający na rzecz utrzymania pokoju, potępiający wszystkie wojny bez względu na ich przyczyny i charakter, nawołujący do rozwiązywania wszelkich konfliktów zgodnie z literą prawa, bez użycia sił zbrojnych.

– Ruch tworzyli głównie studenci i młodzież. I były wśród nas baaardzo różne osoby. Działacze kościelni, anarchiści i lewicowcy. Dziś wydaje się to nie do pogodzenia, ale wówczas jakoś udawało się nam współpracować. Zajmowaliśmy się też działalnością ekologiczną. Ja na przykład wraz z Andrzejem brałam udział w proteście przeciwko budowie elektrowni atomowej w Żarnowcu.

– Wszystko to bardzo ciekawe – wtrąciłam – ale wciąż nie rozumiem, jaki ma związek z Moniką.

10 lutego 1976 roku Sejm uchwalił poprawki do **KONSTYTUCJI PRL**, wprowadzając zapis o przewodniej sile politycznej Polskiej Zjednoczonej Partii Robotniczej (PZPR) w budowie socjalizmu oraz nierozerwalnej przyjaźni polsko-radzieckiej.

Co ciekawe, poprawki te przyjęto podczas tzw. gierkowskiej dekady (1970–1980), czyli dziesięciolecia sprawowania władzy przez Edwarda Gierka (I sekretarza PZPR) oraz premiera Piotra Jaroszewicza, kiedy to nastąpiły największe w dotychczasowej historii PRL otwarcie na Zachód oraz zmniejszenie represyjności systemu władzy wobec obywateli.

NIEZALEŻNE ZRZESZENIE STUDENTÓW (NZS) powstało na fali protestów i strajków robotniczych z sierpnia 1980 roku. Ówczesny rząd zwlekał z rejestracją zrzeszenia, dlatego dokonano jej dopiero po długich strajkach studenckich w lutym 1981 roku.

Po wprowadzeniu stanu wojennego NZS zostało zdelegalizowane, a wielu jego działaczy aresztowano. Mimo to w kilku ośrodkach akademickich zrzeszenie prowadziło działalność podziemną.

Odrodzenie NZS nastąpiło w maju 1988 roku, kiedy na fali protestów robotniczych odbyły się pierwsze bardziej masowe solidarnościowe działania studentów (wiece, strajki, zjazd NZS w Gdańsku).

22 września 1989 roku NZS zostało ponownie zalegalizowane. Stopniowo zaczęło przekształcać się w organizację o charakterze typowo studenckim, ograniczając inicjatywy polityczne na rzecz reprezentowania interesu studentów oraz realizowania przedsięwzięć kulturalno-rozrywkowych.

– Otóż pod koniec lat osiemdziesiątych, niedługo przed Okrągłym Stołem, Andrzej i ja postanowiliśmy uciec na Zachód. Andrzej miał poważne kłopoty z powodu swojej działalności. W moim przypadku w mniejszym stopniu chodziło o sprawy polityczne, ponieważ nie angażowałam się aż tak mocno w działalność opozycyjną. Wojowałam na własnym podwórku, tocząc nieustające spory polityczne z tatą. Ale też chciałam wyjechać. Po raz drugi nie dostałam się na warszawską Akademię Sztuk Pięknych, byłam w dość kiepskim stanie psychicznym i nie widziałam dla siebie perspektyw w Polsce. Czułam, że nic tu nie wskóram, że czas na zmianę. Chciałam gdzie indziej szukać szczęścia. Tak trafiliśmy do obozu dla uchodźców w Traiskirchen w Austrii.

– Obozu dla uchodźców? – zdziwiłam się.

– Tak, tak. W tamtych czasach to Polacy byli uchodźcami. Nie uciekali przed okrutną

OBRADY OKRĄGŁEGO STOŁU
– negocjacje prowadzone od lutego do kwietnia 1989 roku przez przedstawicieli władz PRL, solidarnościowej opozycji oraz strony kościelnej. Jedno z najważniejszych wydarzeń w najnowszej historii Polski, od którego rozpoczęły się zmiany ustrojowe w naszym kraju.
   Ówczesne władze zdecydowały się podjąć negocjacje pod wpływem fali strajków z wiosny i lata 1988 roku. Istotna była również korzystna dla przemian demokratycznych sytuacja w ZSRR.
   Zwolennicy ustaleń Okrągłego Stołu wskazują, że umożliwiły one pokojowy przebieg transformacji ustrojowej w Polsce i zapoczątkowały proces demokratyzacji w innych krajach bloku wschodniego. Krytycy upatrują w nich jednego ze źródeł zaniechania rozliczeń ludzi aparatu władzy PRL.

wojną jak dzisiejsi Syryjczycy. Nie mieli może aż tak dramatycznych powodów, ale wielu z nich nie czuło się we własnym kraju jak u siebie i podobnie jak ja nie widzieli dla siebie perspektyw. W obozie pracował pewien Austriak, który twierdził, że na początku lat osiemdziesiątych poznał pochodzącą z Polski nastolatkę ze znamieniem na twarzy. Podobno przyjechała z rodzicami na narty z RFN.

– Czy... czy... – ożywiłam się – ...było to znamię w kształcie motyla?

– Motyla, kokardki... tak to opisywał.

– Ot tak, przyjechała na narty?! – Nie mogłam uwie-

PO KAPITULACJI NIEMIECKIEJ III RZESZY,

która rozpętała drugą wojnę światową, zwycięskie mocarstwa podzieliły jej terytorium na cztery strefy okupacyjne: brytyjską, amerykańską, radziecką i francuską. Pomiędzy strefami zachodnimi a strefą radziecką powstała pilnie strzeżona granica.

W 1947 roku strefy brytyjska i amerykańska zostały połączone, a w 1948 państwa zachodnie odrzuciły propozycję ZSRR utworzenia jednego ogólnoniemieckiego rządu. Stało się jasne, że Niemcy zostaną podzielone na dwa państwa, które dostaną się w różne strefy wpływów.

We wrześniu 1949 roku powstała Niemiecka Republika Federalna (NRF, wpływy zachodnie), a w październiku 1949 Niemiecka Republika Demokratyczna (NRD, wpływy radzieckie) i enklawa Berlin Zachodni.

Ponowne zjednoczenie Niemiec nastąpiło dopiero w 1990 roku.

OBÓZ PRZEJŚCIOWY W TRAISKIRCHEN – ośrodek w Austrii dla osób ubiegających się o azyl, czyli opiekę prawną udzielaną obcokrajowcowi niesłusznie prześladowanemu w swoim kraju. Osoba taka musi przebywać w obozie do czasu rozpatrzenia jej wniosku o azyl.

W latach 80. XX wieku (zwłaszcza na początku i pod koniec) największą grupę migrantów w Traiskirchen stanowili Polacy. Mówiono wręcz o zalewie polskich uchodźców, a ośrodek pękał w szwach. Polacy wybierali Austrię, nawet jeśli docelowo chcieli dostać się do innego zachodniego kraju, gdyż była jednym z niewielu zachodnich państw, do którego mogli wjechać bez wizy, czyli względnie bezproblemowo.

W XXI wieku w Traiskirchen przebywają głównie migranci spoza Europy, np. z ogarniętej wojną Syrii lub totalitarnie rządzonej Erytrei.

rzyć. – Dziewczynka porwana przez kogoś w czarnej wołdze? Albo raczej przez własną matkę?

Pani Ania wzruszyła ramionami.

– Dopytywałam go, czy ma z nią jakiś kontakt, czy wie o niej coś więcej – ciągnęła. – Niestety, to była przelotna znajomość. Nic więcej na temat polskiej dziewczyny nie potrafił mi powiedzieć.

– To może oznaczać, że Monice nic złego się nie stało. Nie porwał jej żaden straszliwy samochód. Jeżeli już, to własna mama. Mieszka sobie w Niemczech i jeździ na narty do Austrii.

– Oby – westchnęła pani Ania.

– Tylko że znów szukamy igły w stogu siana.

Nawet się nie spostrzegłyśmy, jak dotarłyśmy przed blok na Sanockiej. Z tego wszystkiego nie zdążyłam zadać pani Ani pytania, mało może związanego ze śledztwem, za to bardzo z moimi dylematami. A mianowicie czy ona i Andrzej wciąż są parą.

Bardziej z poczucia obowiązku niż z przekonania, że ktoś nam otworzy, zadzwoniłyśmy do drzwi, za którymi mieszkała niegdyś ciotka opozycjonistka. I wówczas, o dziwo, drzwi się otworzyły – wprawdzie nie te, do których się dobijałyśmy, lecz po przeciwnej stronie korytarza. Ale lepsze to niż nic. Przez szparę przyglądała się nam podejrzliwie starsza pani.

– O co chodzi? – spytała.

I wówczas pani Ania, jak to tylko ona potrafi, w ciągu kilku minut owinęła ją sobie wokół palca. Zaczęła od tego, że jest przyjaciółką z dzieciństwa siostrzenicy dawnej lokatorki i że kiedyś tu nawet z Moniką była. A potem opowiedziała kilka anegdot z dawnych lat, czym kompletnie staruszkę rozbroiła.

– Tak, pamiętam cię. Byłaś taką rezolutną panienką.

I zaprosiła nas na herbatę, z czego nie omieszkałyśmy skorzystać.

– Helena już od lat tutaj nie mieszka. Wróciła w rodzinne strony, na Śląsk. Teraz mieszkanie zajmuje jej wnuczek, ale pojechał w odwiedziny do rodziny do Niemiec. Swoją drogą, kompletnie tego nie rozumiem: ledwo wyjechał, a już prawdziwe pielgrzymki zaczęły ciągnąć pod te drzwi. Najbardziej się bałam, kiedy przychodził tu taki wielki mafioso. – Wzdrygnęła się. – Miał taaaaakie mięśnie – starsza pani szeroko rozłożyła ręce – i był cały w tatuażach.

Domyśliłyśmy się, że chodzi jej o Chudego, i z trudem powstrzymałyśmy śmiech, ale nie zdradziłyśmy się, że znamy tego „opryszka".

ŚLĄZACY – grupa etniczna żyjąca na Śląsku lub pochodząca ze Śląska, która do dziś zachowała odrębność i gwarę.

Śląsk w toku historii przechodził z rąk polskich w czeskie, a potem pruskie (niemieckie). Po pierwszej wojnie światowej część jego terytorium została przyłączona do odrodzonej Polski, część została po stronie niemieckiej.

Druga wojna światowa mocno dotknęła ludność Śląska. Zlikwidowano elity, a Ślązaków zmuszano do podpisywania folkslisty (niemieckiej listy narodowej, na której umieszczano ludność krajów okupowanych pochodzenia niemieckiego). Odmowa groziła trafieniem do obozu koncentracyjnego.

Po drugiej wojnie światowej Ślązacy byli prześladowani przez nową władzę – na terenie Śląska istniało ok. 100 obozów pracy (m.in. dla rodzimej ludności), a około 90 tysięcy Górnoślązaków (mieszkańców Górnego Śląska) wywieziono do niewolniczej pracy w ZSRR.

– Tak, rzeczywiście Helena działała w KOR i pomagała represjonowanym wskutek strajku robotnikom – wspominała staruszka. – Martwiła się, że szwagier może mieć z tego powodu kłopoty, bo to przecież wojskowy. Zwłaszcza że Ludwik, to znaczy tata Moniki, też był nieprawomyślny. Helena, jak już wspomniałam, była Ślązaczką i rodzina z Niemiec ciągnęła ją do siebie. Nie wiem, czy wiecie, ale w latach siedemdziesiątych rząd zezwolił na wyjazd około 120 tysięcy osób do RFN, więc pewno nie miałaby z tym problemu. Ale ona była tutaj za bardzo zaangażowana. Miała misję. Pytacie o zniknięcie Moniki? Nie chciała o tym mówić. Nawet mnie, choć bardzo się przyjaźniłyśmy. Kiedy pytałam o Monikę, opowiadała o wszystkim: o pobiciach jej kolegów z KOR, o śmierci Stanisława Pyjasa, tylko nie o niej.

Zaskoczyło mnie, że nazwisko Stanisława Pyjasa po raz kolejny pojawia się w naszym śledztwie, i to w tak dramatyczny sposób. Słysząc je, pani Ania ponownie się wzdrygnęła, wręcz poczułam jej strach. Szybko jednak się otrząsnęła i zaczęła wypytywać naszą rozmówczynię o kontakt z panią Heleną.

– Jej śląski adres miałam zapisany w notesie, ale pechowo ten notes gdzieś mi się zapodział.

– Starsza pani się zasępiła. – Ale mogę przecież zapytać wnuczka, jak wróci.

Niestety, nie potrafiła określić, kiedy to nastąpi. Nie pozostało więc nic innego, jak uzbroić się w cierpliwość i czekać.

Polska Rzeczpospolita Ludowa i Republika Federalna Niemiec nawiązały

STOSUNKI DYPLOMATYCZNE

dopiero pod koniec lat 60. XX wieku. Powodów tego, że stało się to tak późno, było kilka:

– zaszłości historyczne związane z drugą wojną światową (Polska była ofiarą agresji niemieckiej III Rzeszy);

– spór o nowe granice polsko--niemieckie – część ziem należących przed wojną do III Rzeszy została włączona do Polski, a zamieszkującą te tereny ludność niemiecką w dużej mierze przesiedlono (jak mówią o tym Polacy) bądź wypędzono (określenie używane przez Niemców);

– przynależność do dwóch przeciwnych bloków państw (wschodniego, zależnego od ZSRR, i zachodniego).

W grudniu 1970 roku Polska Rzeczpospolita Ludowa i Republika Federalna Niemiec podpisały w Warszawie

UKŁAD O PODSTAWACH NORMALIZACJI WZAJEMNYCH STOSUNKÓW.

RFN uznała ustaloną po drugiej wojnie światowej granicę na Odrze i Nysie. Oba państwa zobowiązały się dążyć do wszechstronnego rozwoju stosunków w dziedzinach gospodarczych, naukowo-technicznych, kulturalnych i innych.

Jednym ze skutków tego układu było podpisanie przez rząd polski zgody na wyjazd do RFN w ciągu 4 lat 120–125 tysięcy osób deklarujących niemieckie pochodzenie. Miało to na celu zakończenie akcji łączenia rodzin.

Jeszcze tego samego dnia odbyła się narada, podczas której przekazałyśmy reszcie ekipy zebrane informacje. Tym razem spotkaliśmy się w parku Szczęśliwickim.

I był to dobry wybór, bo to miejsce jest naprawdę super. Są tu i jezioro, i odkryty basen, i miejsce do gry w piłkę plażową, korty tenisowe, place zabaw, stawy, trasy rowerowe, siłownie plenerowe... A nawet góra (a właściwie kopiec) z całorocznym stokiem narciarskim (chwilowo w remoncie) oraz grawitacyjną kolejką górską.

Pani Ania spędziła tu w dzieciństwie wiele miłych chwil, choć nie było wówczas aż tylu atrakcji, co dzisiaj. Ale za to, jak nam oświadczyła, „było bardziej dziko", a „dziko" w jej ustach stanowi największy komplement.

– I łyso – uzupełnił Maks i pokazał na swoim smartfonie kilka zdjęć parku Szczęśliwickiego z lat siedemdziesiątych. Na fotografiach zobaczyliśmy malutkie, najwyraźniej świeżo zasadzone drzewka.

W LATACH 60. XX wieku w południowej części świeżo włączonych do miasta Szczęśliwic powstał park miejski. Wcześniej wydobywano tu glinę, stąd jego potoczna nazwa Glinki. Z uwagi na położenie pomiędzy fortami Szczęśliwice i Rakowiec teren ten nie został zabudowany, a na otwartej, niezagospodarowanej przestrzeni często mieszkały cygańskie tabory.

Po drugiej wojnie światowej wywożono tu śmieci, zwłaszcza gruz ze zburzonej Warszawy. Tworząc park, glinianki przekształcono w jeziorka, a usypisko śmieci poddano rekultywacji, dzięki czemu powstały kopiec Szczęśliwicki – obecnie najwyższe wzniesienie Warszawy – i stok narciarski.

W Warszawie z powojennych gruzów usypano cztery takie kopce, do dziś zachowały się trzy.

Pani Ania, podobnie jak inni mieszkańcy Rakowca, chodziła tu na basen (który istniał już w latach siedemdziesiątych)

i na niedzielne spacery z rodzicami. A kiedy nieco podrosła, wypuszczała się tu ze znajomymi. Dlatego teraz rozważała, czy nie włączyć Szczęśliwic do swojego *Spaceru po dzieciństwie*, i postanowiła upiec dwie pieczenie na jednym ogniu, to znaczy połączyć naradę z rekonesansem po parku. Siedzieliśmy więc nad jeziorkiem w blasku zachodzącego słońca. Ja obserwowałam śliczną pływającą przy brzegu kaczkę (czarną z białą czapeczką), a Chudy, który też postanowił wziąć udział w naradzie, pękał ze śmiechu. To była jego reakcja na wieść, że nazwano go mafiosem. Moi przyjaciele wyglądali na trochę zazdrosnych, że to nie im przypadło w udziale uczestnictwo w tak owocnej misji. Sprawiali też wrażenie nieco skonsternowanych faktem (o ile można to nazwać faktem), że dziewczynka porwana przez złowieszczą czarną wołgę jak gdyby nic szusuje na alpejskich stokach.

– To super, że prawdopodobnie nic jej się nie stało – oznajmiła Majka, wpatrując się we wznoszącą się po drugiej stronie jeziora górkę i kładąc nacisk na słowo „prawdopodobnie". – I w ogóle, że tak jej się fajnie życie ułożyło. Choć prawdę mówiąc, pewne sprawy nie do końca mi się tu kleją – dodała, a w jej głosie wyczułam żal za koncepcją porwania; byłam pewna, że tak łatwo z niej nie zrezygnuje. – Generalnie... te wasze nowe informacje to cenna rzecz – przyznała wspaniałomyślnie – ale najważniejsze jest to, jaki zrobi się z nich użytek – podsumowała.

Już byłam pewna, że na następne spotkanie przyjdzie z gotową hipotezą. I nie myliłam się. Nie przewidziałam tylko jednego: że przygotuje ją wspólnie z Michałem i Maksem.

Narada wkrótce zamieniła się w relaks wśród zieleni. Mnie jednak pewna rzecz wciąż nie dawała spokoju. Kim właściwie był Stanisław Pyjas i czy miał jakiś związek ze zniknięciem Moniki? A zwłaszcza czy jego śmierć mogła się z tym jakoś łączyć? Zamierzałam poszukać informacji o Pyjasie zaraz po powrocie do domu, ale byłam tak zmęczona, że natychmiast zasnęłam.

Rozdział 8

PORWANIE

Monika siedziała na ławce i próbowała czytać. Nie mogła się jednak skupić, choć przecież uwielbiała książki. Tysiące niewesołych myśli nie dawały jej spokoju. Sytuacja w domu była tak dziwna, że nie umiała o niej mówić. Nawet Ani się nie zwierzała. Zresztą z Anią ostatnio się popsuło. Nie potrafiły się dogadać. Sęk w tym, że przyjaciółka chciała, by wszystko było jak dawniej. A przecież nie było. Przynajmniej nie u niej. U niej wszystko się zmieniło, więc i ona się zmieniła. Próbowała się jakoś trzymać, chciała być twardzielką jak przyjaciółka i nawet do pewnego stopnia jej się to udawało. Choć za swoją dzielność płaciła sennymi koszmarami. Ale teraz, gapiąc się nieruchomo w otwartą książkę, poczuła, że nie ma już siły, i łzy napłynęły jej do oczu.

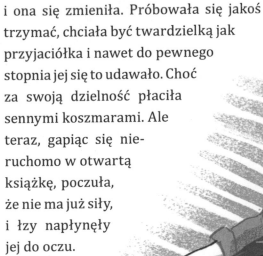

I właśnie w tej jakże ponurej chwili pod blok podjechał czarny samochód. Dokładnie taki jak z jej koszmarów. Brakowało tylko krwi wylewającej się zza drzwi. Monika zerwała się z ławki, gotowa do ucieczki, kiedy spostrzegła w oknie auta mamę. Czyżby mama została porwana?! To by wyjaśniało, czemu tak długo nie było jej w domu. Kochany tata chciał oszczędzić córeczce stresu, tłumacząc, że pojechała do chorej cioci, chociaż naprawdę spotkało ją coś dużo straszniejszego.

Mama jednak wcale nie wyglądała na zastraszoną. Zresztą po co porywacz miałby ją podwozić pod blok? Wybiegła z czarnego auta i szeroko otworzyła przed Moniką ramiona. I stęskniona córka w te ramiona wpadła. A potem wsiadły razem do czarnego samochodu, który nie wydawał się już Monice taki straszny.

– Mamusiu, czemu ty jeździsz czarną wołgą? – spytała dziewczynka.

– Nie wszystko co czarne to wołga. – Mama się roześmiała.

– Wołga to radziecka marka. A to jest mercedes, bo my jedziemy do RFN. Cieszysz się? Czasem trzeba wyjechać gdzieś daleko, daleko...

Monika chciała spytać, co w takim razie będzie z tatą, ale to pytanie nie przeszło jej przez gardło, sama nie wiedziała czemu.

Za kierownicą siedział młody mężczyzna. Odwrócił głowę i uśmiechnął się od ucha do ucha. I wówczas Monika zobaczyła, że jego policzek przecina blizna.

– To kuzyn Franz – przedstawiła nieznajomego mama.

– A teraz gaz do dechy. Zobaczysz – zwróciła się znów do Moniki – ta maszyna jest lepsza niż auto Pana Samochodzika.

PAN SAMOCHODZIK – postać literacka stworzona przez Zbigniewa Nienackiego, bohater serii powieści dla młodzieży, które przekonują, że można przeżywać przygody, poznając historię, zabytki i przyrodę Polski.

Pan Samochodzik jest historykiem sztuki, pracownikiem ds. specjalnych poruczeń Departamentu Ochrony Zabytków Ministerstwa Kultury i Sztuki (od książki *Pan Samochodzik i templariusze*).

Tak naprawdę jako detektyw rozwiązuje zagadki związane z kradzieżą, przemytem czy fałszerstwem dzieł sztuki, w czym często pomagają mu młodzi przyjaciele (np. trzej zaprzyjaźnieni harcerze). Swoje przezwisko zawdzięcza pokracznemu, lecz niezwykłemu samochodowi odziedziczonemu po wujku wynalazcy. Auto nie tylko rozwija ogromne prędkości, lecz także potrafi pływać i kryje w sobie wiele innych wynalazków.

Kuzyn Franz nacisnął jakiś guzik i z boków mercedesa wysunęły się skrzydła. Następnie odpalił silnik. Maszyna zacharczała kilka razy i wystartowała prosto w powietrze. Po chwili blok, w którym mieszkały kiedyś z mamą, zamienił się w maleńki klocuszek, potem w kropeczkę, a potem całkiem zniknął.

I właśnie wtedy się obudziłam. Mimo chłodnej nocy moje włosy były mokre od potu. Ten dziwnie realistyczny sen zrobił na mnie przygnębiające wrażenie. Leżałam przez kilka minut, powoli dochodząc do siebie, a moje myśli wciąż krążyły wokół rodziców. Jak to dobrze, że oni nie odstawiają takich szopek, że nie kłócą się o własną córkę. Nagle poczułam wielką wdzięczność dla mamy, że wróciła do Warszawy, bym mogła być bliżej ojczulka. I zrobiło mi się głupio z powodu awantury, którą niedawno jej urządziłam. Poczułam, że chcę

to jakoś naprawić. Najlepiej natychmiast. Wśliznęłam się do jej pokoju i przez chwilę patrzyłam, jak śpi. Ona jednak, jakby wyczuwając mój wzrok, przeciągnęła się i otworzyła oczy.

– Zły sen? – spytała.

Kiwnęłam głową.

– No to wskakuj. – Odchyliła kołdrę.

– No co ty, mamo? Przecież jestem już starą babą.

– Wskakuj, stara babo! – zaśmiała się.

Więc wsunęłam się pod kołdrę i przez chwilę poczułam się jak mała dziewczynka, którą kiedyś, dawno temu byłam.

Chciałam ją zapytać, o czym rozmawiała z tatą przez telefon i co takiego miał mi powiedzieć, ale jednak doszłam do wniosku, że powinnam się tego dowiedzieć od niego.

W sobotę mieliśmy kolejną naradę. Tym razem bez pani Ani i bez Chudego. Oboje pojechali gdzieś pod Warszawę dopilnować produkcji tabliczek do znanego już wam projektu *Spacer po dzieciństwie*. Termin premiery zbliżał się w zastraszającym tempie, a pani Ania, jak to sama określiła, wciąż była w lesie, ponieważ większość sił i energii przeznaczyła na poszukiwania przyjaciółki.

– Jeśli się nie wyrobię, będę musiała zwrócić fundacji kasę, którą i tak już utopiłam w przygotowaniach – wyjaśniła.

Michał nawet się ucieszył, że pani Ani nie będzie na naradzie, co bardzo mnie zdziwiło, bo byłam pewna, że wreszcie ją polubił.

– Wybacz, Łucjo, to, że ty ją lubisz, nie oznacza jeszcze, że wszyscy mają tak samo. – Wzruszył ramionami.

– W takim razie... trochę to dziwne, że jej pomagasz. – Skrzywiłam się.

– Ja ją lubię – powiedział Maks. – Poza tym to ekstrazagadka do rozwiązania. Chybabym nie przepuścił takiej okazji, nawet gdyby pani Ania była zołzą.

– Ja też ją lubię. Ale rozumiem, że Michał jej nie lubi – oznajmiła Majka, która bardzo rzadko rozumie swego brata, więc trochę mnie to jej oświadczenie zaskoczyło. I nie było to ostatnie zaskoczenie tego dnia.

– A ja nie muszę za kimś przepadać, żeby mu pomóc – podsumował temat wielce szlachetny i wspaniałomyślny Michał,

w którego głosie po raz pierwszy w życiu usłyszałam coś... jakby cień wyższości, kompletnie do niego niepasujący.

Tak więc zebraliśmy się w starym gronie, by pochwalić się tym, co udało się nam wymyślić. Byłam pewna, że każdy z nas spróbuje przepchnąć własną hipotezę, nie zważając na racjonalne argumenty pozostałych członków ekipy. Tak jak to bywało często w przeszłości.

– Zaczynaj! – rzuciła wspaniałomyślnie Majka, wskazując na moją skromną osobę.

Znów się zdziwiłam, bo wszystko lubi robić pierwsza. Ale nic. Zaczęłam od relacji z prowadzonego już od pewnego czasu śledztwa na temat czarnej wołgi. Tak, tak, równolegle prowadziłam własne śledztwo. Przekopywałam internet, czytałam książki, ze szczególnym uwzględnieniem reportaży Przemysława Semczuka, który specjalizuje się w historii PRL. Musiałam przecież mieć argumenty przeciw naiwnej, choć niewątpliwie kuszącej koncepcji moich przyjaciół, zgodnie z którą Monikę porwali pasażerowie złowieszczego samochodu.

– W 1965 roku porwano trzyletnią dziewczynkę – zaczęłam swoją opowieść. – Nie będę wchodzić w szczegóły, faktem jest, że uprowadziły ją dwie kobiety. Wieść o porwaniu błyskawicznie rozeszła się po Warszawie. Dzięki temu już kilka godzin po fakcie na milicję zgłosiła się uczennica, która widziała porywaczki wsiadające z dzieckiem do taksówki. Zgadnijcie, jakiej marki było auto? – spytałam, choć odpowiedź wydawała się oczywista.

– Tiiiaaa, z pewnością była to czarna wołga – odparł nieco znudzonym głosem Maks.

– Władze szybko wydały komunikat – ciągnęłam swoją opowieść – w którym prosiły społeczeństwo, w tym również kierowcę taksówki, o pomoc w zidentyfikowaniu kobiet. Niestety, taksówkarz się nie zgłosił, nie udało się też ustalić numerów rejestracyjnych tajemniczej taksówki. Pomogli jednak inni świadkowie i dziewczynkę całą i zdrową odnaleziono w domu rodziców jednej z porywaczek. Sprawa znalazła więc szczęśliwy finał. Ale czarna wołga utkwiła ludziom w pamięci. Dlatego przy okazji kolejnych porwań milicja otrzymywała zgłoszenia o podobnych samochodach widzianych w pobliżu. Milicjanci koncertowo je zlewali, ponieważ w tamtych czasach była to dość popularna marka i wydawało się wielce prawdopodobne, że takie auto przypadkowo się pojawi w pobliżu miejsca porwania. Nie dementowano jednak pogłosek, ponieważ strach, jaki budziła czarna wołga, był władzom na rękę. Strach często bywa władzy na rękę – dodałam filozoficznie. – Tak czy inaczej, porwanie to prawdopodobnie zapoczątkowało miejską legendę, w którą, o dziwo, niektórzy jeszcze dziś wierzą. – Spojrzałam znacząco na Majkę i Maksa. – No ale teraz chyba sami musicie przyznać, że to, delikatnie mówiąc, trochę nieracjonalne.

Nastawiłam się, że moi przyszywani kuzyni będą zaciekle bronić swojej koncepcji, tymczasem nic takiego nie nastąpiło. Tylko Michał odniósł się do moich słów.

– Ciekawe, że pan Janicki, no wiecie, ten sąsiad, który nas zaczepił, jak wychodziliśmy od Chudego, też mówił o czarnej taksówce.

– Może znał tę historię i się nią zasugerował? – wyraziłam przypuszczenie.

Na chwilę zapadło milczenie.

– To wszystko? – spytała wreszcie Majka.

– Nie – odparłam. A potem wzięłam głęboki oddech i opowiedziałam im swój sen o Monice.

Może wyda się wam to dziwne, że użyłam snu jako argumentu, zwłaszcza że kilka chwil wcześniej powoływałam się na racjonalne podejście do tematu. Moje sny jednak już wielokrotnie naprowadzały nas na właściwy trop, więc liczyłam, że przyjaciele potraktują go poważnie.

– Podtrzymuję swoje zdanie – oznajmiłam na zakończenie.

– To było porwanie rodzicielskie. Oczywiście nie wyglądało tak jak w moim śnie, jak się domyślacie, to tylko swego rodzaju metafora, ale... w każdym razie wszystko się w tej koncepcji klei. Nawet strzęp papieru znaleziony przez Michała za listwą przypodłogową.

– A niby do czego ten strzęp się klei? – spytał Maks ze sceptyczną miną.

– Monika musiała już wcześniej korespondować ze swoją mieszkającą w Niemczech rodziną. A jej mama wykorzystała niemieckich krewnych, żeby wykraść ją z kraju. W ramach tego, jak mu tam było, programu łączenia rodzin.

– A ty ciągle swoje – westchnął Maks. – Pamiętasz, co na tym strzępie było napisane? „Droga Moniko, już niedługo będziesz...". Można się łatwo domyślić, co było dalej. „Droga Moniko, już niedługo będziesz z nami". Nic nie wskazuje na porwanie. Raczej na akcję, która była przygotowana dużo wcześniej i z której Monika zdawała sobie sprawę. Tylko nie mogła o tym mówić. Nawet najlepszej przyjaciółce. Bo to była wielka tajemnica. Przypomnij sobie, co powiedziała podczas ostatniej wyprawy na Planetę Marsjańską: „Czasem trzeba wyjechać gdzieś bardzo, bardzo daleko".

– Nie wierzę! Porzuciłeś hipotezę o porwaniu i czarnej wołdze? – zdziwiłam się.

– Tylko krowa nie zmienia poglądów – odpowiedział na to Maks.

– Więc jaka jest twoja nowa koncepcja?

– Nie moja, tylko nasza – poprawił mnie Maks, a ja poczułam ukłucie w sercu. Jakbym nagle została wyrzucona poza nawias. Jakbym już nie należała do ekipy. Ich troje przeciwko mnie jednej.

W tym momencie głos zabrał Michał, zwykle najbardziej milczący z całej trójki. Tym razem jednak to on referował hipotezę, którą w myślach nazwałam 3xM, ponieważ została stworzona przez trzy osoby o imionach zaczynających się na literę „M". Nawet pierwsza litera imienia wykluczała mnie z tego grona. Należy dodać, że imię zaginionej też zaczynało się na M. Czyżby to jakiś złowieszczy dla mnie znak? Sygnał, że nie mam już czego szukać w tym śledztwie i w tej ekipie?

– Początkowo zastanawialiśmy się, czy Monika przypadkiem nie ma żydowskiego pochodzenia – rozpoczął Michał. – Był w powojennej Polsce taki czas, kiedy wielu Polaków o korzeniach żydowskich musiało nagle opuścić kraj z powodu antysemickiej nagonki ówczesnych władz. To mogłoby wyjaśnić jej nagłe zniknięcie.

– Ale nie wyjaśniało niemieckiego listu – uzupełniła Majka.

Zwykle bliźniaki sprzeczały się ze sobą, tym razem jednak działały wyjątkowo zgodnie. I znów poczułam nieprzyjemne ukłucie. Sama nie wiem, czemu tak zareagowałam na to nieoczekiwane porozumienie między bratem i siostrą. Może to była zazdrość, bo nagle zdałam sobie sprawę, że sama pewno już nigdy nie doświadczę tych szczególnych siostrzano-braterskich uczuć. W obecnej sytuacji wydawało się to mało prawdopodobne, skoro rodzice się rozwiedli. Nagle poczułam się strasznie samotna.

W MARCU 1968 ROKU

w Polsce doszło do kryzysu politycznego zapoczątkowanego demonstracjami grupy studentów (tzw. komandosów) na terenie Uniwersytetu Warszawskiego. Oskarżali oni ówczesne władze o działania niedemokratyczne. Impulsem był zakaz wystawiania w teatrze *Dziadów* Adama Mickiewicza

w reżyserii Kazimierza Dejmka (spektaklowi zarzucono wymowę antyradziecką). Protesty brutalnie stłumiono, a liderów aresztowano. Według I sekretarza KC PZPR Władysława Gomułki winnymi zamieszek byli studenci pochodzenia żydowskiego, oskarżył też inne osoby o korzeniach żydowskich o szkodzenie PRL. Warto dodać, że w toczącym się wówczas konflikcie arabsko-izraelskim ZSRR opowiedział się po stronie arabskiej, co dodatkowo wzmocniło przyzwolenie na szerzenie w Polsce antysemickich haseł. Rozpoczęły się zwolnienia z pracy, usuwanie ze studiów, zmuszanie do emigracji. Wyjeżdżający musieli pozbywać się za bezcen życiowego dorobku z powodu ściśle określonych limitów na wywóz dóbr materialnych. Na skutek antysemickiej nagonki w 1968 roku Polskę opuściło (bez możliwości powrotu) od 13 do 20 tysięcy obywateli, w tym ludzi nauki i kultury.

– Ale szybko odkryliśmy, że ta nagonka była wcześniej. W 1968 roku. A Monika zniknęła w latach siedemdziesiątych.

– Poza tym – przypomniałam, otrząsnąwszy się nieco – mama Moniki była Ślązaczką.

– Ale ojciec mógł być Żydem. Albo babcia. Albo dziadek. – Maks dzielnie wspierał bliźniaków. – Rozmawialiśmy o tym z moim tatą. I on nam powiedział, że gdyby tak dobrze poskrobać, to w każdym z nas można by odnaleźć tyle narodowości, że pewno byśmy się zdziwili.

A więc i tata Maksa im pomagał. Nic dziwnego, że są tacy mądrzy. Czemu właściwie nie poprosiłam o pomoc własnego ojca? Przecież jest ekspertem od historii. Może dlatego, że moja koncepcja zawierała w sobie słowo „rozwód", a tego słowa nie chciałam w rozmowie z tatą używać.

– Taką mamy historię, że pojawiali się w niej i Żydzi, i Litwini, i Ukraińcy, i Białorusini, i Niemcy, i Tatarzy... i pewno jeszcze długo można by wymieniać – wymądrzał się Maks, a ja zdałam sobie sprawę, że naprawdę nie próżnowali przez ostatnie dni. I pracowali beze mnie.

– Dlatego Monika mogłaby być jednocześnie Polką, Ślązaczką i Żydówką – podsumowała Majka. – Ale, jak już mówiliśmy, ten trop okazał się fałszywy.

– Twierdziliście, że macie jakąś koncepcję, a tymczasem wciąż mówicie o fałszywych tropach. – Skrzywiłam się.

– Koncepcja jest taka, że rodzice Moniki się rozwiedli i rozdzielili, żeby... – Majka na chwilę zawiesiła głos – ...żeby być razem. Razem w lepszym świecie! A zniknięcie Moniki było częścią tego planu.

Rozdział 9

SIOSTRZYCZKA

– Nie rozumiem – zdziwiłam się. – Rozwiedli się, żeby być razem? To się nie trzyma kupy.

– Rozwód był tylko wybiegiem, który miał pomóc rodzinie wyemigrować z Polski – wtrącił się Michał. – Jak pamiętasz, tata Moniki służył w Ludowym Wojsku Polskim, ale poglądy miał trochę na bakier z polityką ówczesnej władzy. Jego sytuacja była więc nie najlepsza. Na pewno zdawał sobie sprawę, że nie ominą go problemy. Mama, Ślązaczka, postanowiła więc wykorzystać fakt, że w latach siedemdziesiątych pojawiły się ułatwienia dla osób pragnących wziąć udział w programie łączenia rodzin. Wyjechało wówczas do RFN wielu pozostałych jeszcze na terenie Polski przedstawicieli mniejszości niemieckiej, a także sporo Ślązaków i Mazurów.

RFN, podobnie jak inne kraje zachodnie, jawiła się wówczas jako kraina dobrobytu i obfitości, nieomal jakiś raj na ziemi. Wielu Polaków emigrowało z Polski nie dlatego, że nie czuli się Polakami, tylko dlatego, że szukało zarobku i lepszego życia. Albo wyjeżdżali z powodów politycznych. Problem w tym, że wojskowym niechętnie wydawano paszporty do krajów zachodnich, choć nie jest prawdą, że Polacy nie wyjeżdżali wtedy na Zachód. Zwłaszcza w latach siedemdziesiątych Polska otworzyła się na kraje zachodnie. Ale wojskowi mieli z tym szczególne problemy. Obawiano się, że mogą być łakomym kąskiem dla służb wywiadowczych.

– To znaczy, że oni w ogóle nie mogli wyjeżdżać za granicę? – zdziwiłam się.

– Mogli, ale do krajów słusznych ideologicznie, czyli państw tak zwanej demokracji ludowej, takich jak Związek Radziecki, NRD, Czechosłowacja, Bułgaria... Bo wtedy obowiązywały dwa rodzaje paszportów. Jeden obejmował kraje podporządkowane ZSRR, a drugi również te niesłuszne ideologicznie, czyli zachodnie. I ten drugi wyjątkowo trudno było zdobyć.

– No i?

Władze PRL utrudniały swoim obywatelom podróże za granicę, zwłaszcza do krajów zachodnich, a uzyskanie **PASZPORTU** wiązało się ze skomplikowanymi procedurami.

Do 1956 roku możliwe były wyłącznie wyjazdy służbowe.

Po 1956 powstały biura podróży organizujące wycieczki (głównie do krajów bloku wschodniego), a wyjazd indywidualny był dopuszczalny tylko na zaproszenie.

W latach 70. pojawiły się tzw. wkładki paszportowe, które uprawniały do podróżowania po krajach bloku wschodniego, a potem także możliwość wyjazdu do tych krajów na podstawie stempla wbijanego w dowód osobisty.

W stanie wojennym pieczątki straciły ważność, zastąpiły je nowe paszporty, z pięcioletnim terminem ważności. Od 1984 roku nie trzeba było ich zdawać po każdym powrocie. Dopiero w grudniu 1988 roku wprowadzono paszporty wieloletnie, na wszystkie kraje świata.

– Rodzina wymyśliła taki plan... Najpierw rodzice Moniki się rozwiedli, by mama mogła wyjechać do RFN, nie narażając męża na kłopoty. Potem ściągnęła do siebie córkę. Pan Nowak miał poczekać, aż jego żona się urządzi, wystąpić z wojska i dołączyć do rodziny. Zwykle jako pierwsi wyjeżdżali mężczyźni i dopiero potem sprowadzali rodziny, ale w tym przypadku sytuacja była szczególna.

– Czy nie sądzicie, że to trochę przekombinowane? – spytałam.

Wcale tak nie uważali i dzielnie bronili swojego pomysłu.

Walka na koncepcje była nierówna. Po jednej stronie były trzy osoby, a po drugiej tylko jedna. Tak bardzo żałowałam, że nie ma z nami pani Ani. Czułam, że poparłaby moją hipotezę.

Po naradzie, która prawie przerodziła się w kłótnię, odprowadzałam Michała, Majkę i Maksa na przystanek. Dokładnie tak jak po ich pierwszej wizycie na Rakowcu. Tylko że układ sił był teraz zupełnie inny. To ja, a nie Michał, wlokłam się na końcu, a oni zasuwali przodem, trajlując o czymś z ożywieniem. Zapewne o swojej koncepcji. Czułam się im kompletnie niepotrzebna.

W pewnym momencie Majka oderwała się od czoła pochodu i dołączyła do mnie.

– Zastanawiasz się pewno, czemu Michał nie lubi pani Ani? – spytała bez zbędnych wstępów.

Prawdę mówiąc, nie nad tym się zastanawiałam, tylko nad swoją samotnością w przyjacielskim gronie, więc jej pytanie kompletnie mnie zaskoczyło.

– Nie przepada za nią, ponieważ jest to kolejna osoba, którą lubisz bardziej niż jego – odparła Majka, nie czekając na moją odpowiedź.

Zatkało mnie. Kilkakrotnie otworzyłam i zamknęłam usta, nie wiedząc, co powiedzieć.

– Jak to? – wykrztusiłam wreszcie. – Zresztą... to nie do końca tak jest... Poza tym... kolejna?

– Wcześniej był na przykład... – Majka zawiesiła głos – ...Jacek. Tak, tak, Jacek. Myślisz, że jestem tak głupia i samolubna, że nie widzę dalej niż czubek własnego nosa?

Chciałam jakoś się odnieść do tego zarzutu, ale nie bardzo wiedziałam, co powiedzieć. Majka, nie czekając, aż wreszcie z siebie coś wyduszę, ciągnęła:

– W takim razie bardzo się mylisz. Widzę dużo więcej, niż ci się wydaje. Pamiętasz naszą wizytę u ciebie w Szczecinie? Siedzieliśmy w twoim pokoju i było nam razem superfajnie. Dopóki nie przyszedł Jacek.

Znów się zdziwiłam. Ja to zapamiętałam zupełnie inaczej. Miałam wrażenie, że kiedy pojawił się Jacek, zrobiło się jeszcze fajniej.

– Widziałam, jak wywalasz na niego gały, i jestem pewna, że Michał też to widział.

W tym momencie to już kompletnie mnie zamurowało. Nie miałam pojęcia, co jej odpowiedzieć. Z opresji wybawił mnie Maks, który odwrócił się do nas i zawołał:

– No, co się tak grzebiecie, dziewczyny?! Chodźcie do nas!

Jeszcze tego samego dnia zadzwoniłam do Michała. Jednak zanim to zrobiłam, siedziałam z telefonem w dłoni chyba przez pół godziny, zastanawiając się, jak zagaić rozmowę. Po tym, co powiedziała mi Majka, wszystko nagle wydało się strasznie skomplikowane. Wreszcie stwierdziłam: „Raz kozie śmierć" i jakoś poszło. Gadaliśmy chyba przez pół godziny o jakichś głupotach i było naprawdę całkiem miło.

Na koniec tej niezobowiązującej pogawędki Michał nieoczekiwanie spoważniał.

– Wiesz, już od dawna chciałem ci to powiedzieć. Tylko się nie obraź.

– Spróbuję – obiecałam, choć nie byłam pewna, czy zdołam dotrzymać tej obietnicy. Bo jeśli i on zacznie nawijać o Jacku, że niby wywalałam na niego gały, to nie ręczę za siebie. No dobrze, może i wywalałam, ale nikomu nic do tego.

Okazało się jednak, że Michał chciał mówić o czymś innym. Na szczęście. Chociaż... czy rzeczywiście na szczęście?

– Niedawno przypomniałem sobie naszą rozmowę. Jeszcze z czasów wakacji w Pogezanii. Mówiłaś wtedy, że czasem wiesz o czymś i nie masz pojęcia, skąd ta wiedza się w tobie bierze. Po prostu sama do ciebie przychodzi. No, chyba że jakieś osobiste powody, emocje i takie tam... w jakiś sposób ten przekaz zakłócą. I wydaje mi się, że właśnie teraz... tylko się nie gniewaj... że właśnie teraz... że rozwód twoich rodziców...

– Dobra, nie musisz kończyć. Wiem, co masz na myśli, ale zapewniam cię, że się mylisz – ucięłam jego dywagacje.

Próbowaliśmy wrócić do sympatycznych pogawędek o bzdetach, ale nie bardzo nam się to udało i wkrótce skończyliśmy rozmowę. I znów poczułam się strasznie samotna. Och, gdybym miała brata lub siostrę, a nie tylko przyszywanych kuzynów...

Jedyna pociecha w tym, że Jacek się wreszcie odezwał.

sorki za milczenie, ale mam ostatnio urwanie głowy. zawody aikido i na dodatek musiałem wyciągnąć się z matmy i w ogóle

Miałam siostrę. Nie pytajcie, jak to się stało, ważne, że się stało. Siedziałam obok i zwierzałam się jej ze swoich problemów. Mówiłam o wszystkim jak leci. Bez cenzury. Bez skrępowania. To nic, że siostra nie mogła udzielić mi żadnych rad i najwyraźniej nie bardzo kumała, o co mi chodzi. Nic w tym dziwnego, była tylko niemowlakiem. Najważniejsze, że patrzyła na mnie pełnym uwielbienia wzrokiem, energicznie machała rączkami i nóżkami, śmiała się i gaworzyła. Chociaż... czy rzeczywiście nic nie rozumiała i nie mogła udzielić mi żadnych rad? Jej bezładne z pozoru gaworzenie układało się w jakiś niezrozumiały co prawda, ale regularnie powtarzany przekaz.

– Guszu gukaj gupod guzie gumią, guszu gukaj gupod guzie gumią, guszu gukaj gupod guzie gumią... – powtarzała uparcie.

Zadzwonił budzik w komórce i moja siostra znikła. Na szczęście zdołałam zapamiętać tajemniczy komunikat, który mi, że tak się wyrażę, wygaworzyła. Powtórzyła go tyle razy, że wrył mi się w pamięć i zdołałam wydobyć go ze snu. Zanim wstałam z łóżka, zapisałam w leżącym na szafce nocnej notesie (czasem z rana streszczam w nim jakiś szczególnie interesujący sen):

Guszu gukaj gupod guzie gumią

Cóż to może oznaczać?

Kolejne dni nie sprzyjały prowadzeniu śledztwa. Cała energia pani Ani szła w przygotowania do *Spaceru po dzieciństwie*. A my jej w tym z pełnym zaangażowaniem pomagaliśmy. Nawet Michał. Trzeba było przygotować plan wycieczki z zaznaczonymi miejscami do zwiedzania, opis zabaw, które się w tych miejscach odbywały, a także ustawić tam tabliczki. Przypominały one oznaczenia, które znajdują się przy zabytkach. Tyle że na naszych tabliczkach zamiast informacji o budowli (przykładowo: kościół z takiego a takiego wieku) znajdowały się wymyślone przez Monikę i Anię nazwy (np. Planeta Marsjańska) z krótkim opisem, skąd się ta nazwa wzięła. Maks szykował wirtualną prezentację, dzięki której uczestnicy wydarzenia mogliby przenieść się w lata siedemdziesiąte dwudziestego wieku. Wystarczyło włożyć gogle i przekonać się, jak odwiedzane miejsca wyglądały czterdzieści lat temu. Dodatkowo pani Ania wymyśliła zabawę w szukanie sekretów.

– W kilku miejscach zakopię widoczki schowane za szkłem i przygotuję mapki ze wskazówkami, jak ich szukać – cieszyła się. – Każdy sekret związany będzie z miejscem, w którym się znajdzie.

Mieliśmy oznaczyć strzałkami kierunek zwiedzania. Najpierw jednak trzeba było wymyślić trasę wycieczki. W którym punkcie zacząć, gdzie zwiedzanie zakończyć itp. I do tego zadania ja się zgłosiłam. Godzinami wpatrywałam się w sporządzoną przed laty mapkę, próbując opracować optymalną marszrutę. Pewno dzięki temu wpatrywaniu się spostrzegłam, że jedna ze znajdujących się na planie literek

„S" wygląda nieco inaczej. Przede wszystkim odróżniała się kolorem. Wszystkie teksty na mapce napisano długopisem, tylko to jedno „S" zapisano czarnym flamastrem, a ponadto podkreślono prawie już startą czerwoną kredką. Obok znajdowała się ledwie widoczna cyfra 3. Drobiazg, powiecie. Może i tak, ale sprawił, że moja głowa zaczęła pracować jakby w innym trybie. Doskonale znałam ten stan. Zdarzał się nieczęsto, ale zawsze zwiastował, że zaraz wydarzy się coś niezmiernie interesującego. Czasem nazywałam to natchnieniem odkrywcy. Jakbym stała w ciemności przed drzwiami, wiedząc, że za chwilę same się otworzą, a wpadające przez nie słońce wszystko oświetli. Mimowolnie przeniosłam wzrok na szyfr, którym Ania lub Monika oznaczyła „nasz blok" (KNKAKSKZK KBKLKOKK), i nagle mnie olśniło. Gaworzenie mojej wyśnionej siostrzyczki to też był szyfr, na dodatek skonstruowany w ten sam sposób, co tamten. Tyle że zamiast literki „K" zastosowano sylabę „gu".

Guszu gukaj gupod guzie gumią

Wystarczy usunąć z tego tekstu „gu" i dowiem się, jak brzmi zaszyfrowana wiadomość.

szu kaj pod zie mią
szukaj pod ziemią

W zestawieniu z odkrytymi na mapce znakami mogło to oznaczać tylko jedno. Trzeba kopać w oznaczonym miejscu.

Rozdział 10

LIST W BUTELCE

Postanowiłam podzielić się swoim odkryciem z przyjaciółmi, lecz tym razem nie wspominałam im o śnie, tylko ograniczyłam się do pokazania i odpowiedniego naświetlenia przeoczonych wcześniej znaków na mapce. Obawiałam się, że opowieść o mojej nieistniejącej kilkumiesięcznej siostrzyczce, która za pomocą gaworzenia przekazała mi zaszyfrowaną wiadomość, to będzie za wiele. Na szczęście do kopania w ziemi nie trzeba ich było specjalnie namawiać. Pani Ania znów wyjechała załatwiać jakieś sprawy związane z projektem, więc byliśmy zdani na siebie. Co prawda sfotografowałam plan z tajemniczym punktem i jej wysłałam, ale najwyraźniej musiała być bardzo zajęta, bo nie odpowiedziała na mojego maila. A moi przyjaciele tak się podekscytowali perspektywą nowego odkrycia, że nie chcieli czekać na jej powrót. Tylko Maks był jak zwykle sceptyczny.

– Hmm... – zadumał się. – Nawet jeśli znajdowało się tam coś szczególnego, to po tylu przebudowach, przeróbkach i w ogóle wątpliwe, że wciąż tam jest.

– Jakich tam przebudowach? – Majka machnęła ręką. – Przecież to na trawniku pod blokiem.

– I w dodatku łatwo oznaczyć to miejsce, bo szczęśliwie jest na samym rogu. – Michał poparł siostrę. – A ta trójka... Załóżmy, że chodzi o trzy kroki albo trzy metry.

– Trzeba kopać – zadecydowała Majka.

Pechowo punkt, w którym mieliśmy prowadzić nasze prace „archeologiczne", znów wypadł w jednym z założonych przez Chudego ogródków dla kotów.

– A gdyby powiedzieć mu, że planujemy tam wykopaliska? – zaproponowałam. – Może się zgodzi? To fajny gość.

– Owszem, fajny, ale ma fioła na punkcie kotów. Lepiej nie ryzykować. Wyciągniemy tę trawę razem z korzeniami, a potem wsadzimy z powrotem. Nawet nie zauważy.

Miałam wątpliwości, czy faktycznie nie zauważy, ale zostałam przegłosowana. I tak oto pewnego wieczoru (bo Majka, Maks i Michał uznali, że musi się to odbyć po ciemku, żeby

nikt nas nie przegonił) udaliśmy się na róg bloku z saperką, latarką i miarką krawiecką mojej mamy. Maks odmierzył trzy metry i zaczęliśmy kopać. Szczęśliwie obok rósł krzak, który nas częściowo osłaniał.

– Nie mogła zakopać tego głęboko, była przecież małą dziewczynką – przekonywał Michał.

– Tego... to znaczy czego? – dopytywał się Maks.

– Zaraz się przekonamy – zapewniała Majka i o dziwo miała rację. Jeszcze żadne wykopaliska nie poszły nam tak dobrze, zwłaszcza że trzeba było wykopać spory dołek. Aż dziw, że mała Monika z czymś takim się uporała. Ale kopaliśmy przecież na zmianę, więc dla nas nie był to problem. Już po kilkunastu minutach saperka uderzyła w szkło. Przerzuciliśmy się na ręczne kopanie, by nie uszkodzić znaleziska. I po chwili wydobyliśmy z ziemi zakorkowaną butelkę. Cóż

w tym nadzwyczajnego, spytacie. Otóż to, że w świetle latarki w butelce zobaczyliśmy kartkę papieru. Tak nas to odkrycie podekscytowało, że kompletnie straciliśmy czujność i nie spostrzegliśmy zbliżającej się do nas postaci.

– A wy co tu robicie?! – rozległ się męski głos.

W pierwszej chwili wystraszyliśmy się, że to Chudy, ale rzeczywistość okazała się jeszcze gorsza.

– Człowiek z blizną! – wykrzyknął Michał. – Uciekajmy!

Ale nie zdążył wprowadzić swojego planu w czyn, ponieważ mężczyzna chwycił go za ramię. Niewiele myśląc, ugryzłam gościa w rękę. Skąd ten ekstremalny pomysł? Sama nie wiem. Może stąd, że w ten właśnie sposób nasz wakacyjny znajomy bronił się przed pewnym zbirem. Najważniejsze, że to podziałało. Facet wrzasnął, a my wzięliśmy nogi za pas. Nie oglądając się za siebie, popędziliśmy do bloku, a potem wbiegliśmy na piechotę na piąte piętro. Oczywiście o zakopaniu dołu nie było w tej sytuacji mowy.

– Dzięki – wysapał Michał, gdy wreszcie zamknęliśmy za sobą drzwi mojego mieszkania. – Uratowałaś mi życie.

– Eee... bez przesady – odparłam, gdy wreszcie udało mi się złapać oddech.

– Stało się coś? – spytała mama, która właśnie wyszła ze swojego pokoju i przyglądała się, jak dyszymy, stojąc pod drzwiami.

– Eee – zawahałam się – nie, nic... My tylko... trenujemy przebieżki.

– To nie róbcie tego po nocy – powiedziała i zaproponowała nam kanapki.

Kanapki to była jednak ostatnia rzecz, na którą mieliśmy w tej chwili ochotę. Nawet Michał nie był głodny. Zamknęliśmy się w pokoju i wówczas Maks zadał pytanie:

– Kurczę, a czy ktoś w ogóle zabrał stamtąd tę butelkę?

Tryumfalnie wyciągnęłam przed siebie dłoń ze znaleziskiem.

– Uff... – odetchnął Maks. – A już się bałem, że cała ta robota i stres pójdą na marne.

– Brawo, Łucja. – Michał się uśmiechnął.

Tylko Majka trochę się krzywiła, że tym razem to nie ona została bohaterką.

– Jak to otworzyć? – zasępił się Maks, bo butelka była naprawdę solidnie zatkana korkiem i nijak nie szło go wydłubać.

– Przydałby się korkociąg – stwierdziła odkrywczo Majka.

– Okej. Tylko skąd ja ci teraz wezmę korkociąg?

– Nie masz w domu korkociągu?

– Pewno mam, ale nie wiem gdzie – westchnęłam.

Poszliśmy wszyscy do kuchni i zaczęliśmy szperać po kątach. Szczęśliwie mama oglądała coś w telewizji.

– Właściwie dlaczego nie powiesz mamie co i jak, zamiast ściemniać? – zdziwił się Michał. – Przecież i tak wie o naszym śledztwie.

Rzeczywiście, w międzyczasie nasi rodzice zostali wprowadzeni w temat i w miarę możliwości nas wspierali. A mama nawet poznała i polubiła panią Anię.

W odpowiedzi wzruszyłam tylko ramionami, bo sama nie miałam pojęcia dlaczego.

Wreszcie udało nam się znaleźć korkociąg, ale w chwili gdy opuszczaliśmy ze zdobyczą kuchnię, mama otworzyła drzwi.

– Po co wam ten korkociąg? – zdumiała się.

– Żeby otworzyć butelkę – odparła Majka, ale nie można powiedzieć, żeby ta odpowiedź mamę uspokoiła. Nie mieliśmy wyjścia, trzeba było ją wtajemniczyć. Obawiałam się, że wpadnie w panikę, kiedy się dowie, że gonił nas jakiś facet, i wkurzy się, że zniszczyliśmy ogródek dla kotów, ale nic z tych rzeczy. Owszem, zobowiązała nas do naprawienia szkód i wypytała się o szczegóły wydarzenia, ale zrobiła to nadzwyczaj rzeczowo i spokojnie. Odrzuciła nawet pomysł Majki, żeby zgłosić sprawę na policję.

– I co? Powiesz, że jakiś nieznajomy zrugał was za rozkopywanie trawnika? A moja córka ugryzła go z tego powodu w rękę? Kochanie, mam nadzieję, że umyłaś po tym zęby?

Westchnęłam i poszłam do łazienki, a cała gromadka za mną.

– Jesteście pewni, że was gonił? – dopytywała dalej mama.

Nie, tego nie byliśmy pewni. Wiedzieliśmy tylko, że uciekaliśmy.

– Niestety, nie ma się do czego przyczepić – westchnęła mama. – Ale ostrożność nie zaszkodzi. Tak naprawdę nie wiemy, jakie ten człowiek miał intencje. A teraz zobaczmy wreszcie, co jest w butelce.

Usiedliśmy na dywanie w moim pokoju i mama niczym mistrzyni jakiejś tajnej ceremonii z wielkim namaszczeniem odkorkowała butelkę, a potem wyciągnęła ze środka karteczkę i na głos odczytała jej treść.

Cześć, Anku,
muszę niestety wyjechać, ale nie mogłam ci o niczym powiedzieć. Nie będę mogła też do Ciebie pisać, bo Twój tata mógłby mieć z tego powodu kłopoty. Wybacz i nie martw się o mnie. Odezwę się do Ciebie, kiedy to tylko będzie możliwe.
Monika

Biorąc pod uwagę nadzwyczajną sytuację, mama poprosiła rodziców moich przyszywanych kuzynów, żeby mogli u nas przenocować, i zarządziła legalne wagary. Pod warunkiem że z samego rana usuniemy zniszczenia, jakie pozostawiliśmy na trawniku.

Jak się domyślacie, długo nie mogliśmy zasnąć. Leżeliśmy po ciemku w moim pokoju, a dyskusje trwały prawie do świtu.

– W tej sytuacji – wydusiłam z siebie, choć wszystko się we mnie przeciwko temu buntowało – muszę przyznać, że wasza koncepcja jest bardziej prawdopodobna. Aczkolwiek robię to niechętnie.

– Tym bardziej doceniamy – powiedział Michał.

– Skoro rodzina Moniki była na bakier z ówczesną władzą i na dodatek została na „zgniłym Zachodzie", to tata pani Ani faktycznie mógł mieć problemy, gdyby utrzymywał z nią kontakty – dodałam. – Oddaję wam sprawiedliwość i wycofuję się ze swoich pomysłów.

Majka burknęła coś pod nosem, co miało chyba oznaczać akceptację, a Maks przybił mi piątkę.

– To by wyjaśniało jeszcze jedną zagadkę, a mianowicie dlaczego Monika nie próbowała po wyjeździe skontaktować się z przyjaciółką – zauważyłam.

– Pozostaje tylko pytanie, kim w takim razie jest człowiek z blizną – zadumał się Michał. – Bo trzeba przyznać, że nie bardzo pasuje do naszej koncepcji.

– Może to pracownik Służby Bezpieczeństwa, który rozpracowywał rodzinę Moniki? – podsunął Maks.

– Albo przypadkowy gość, który nie lubi, gdy ktoś niszczy zieleń – wyraziłam przypuszczenie i głupio mi się zrobiło, że ugryzłam niewinnego człowieka. – Też by pasował.

– Albo... – ożywił się nagle Michał. – Jak to możliwe, że wcześniej nie przyszło to nam do głowy? A może to pracownik fundacji, która sponsoruje *Spacer po dzieciństwie*. Robił tyle zdjęć i w ogóle... Może przygotowuje dokumentację związaną z projektem?

– Tylko po co w takim razie włóczył się tu po nocy? – spytał przytomnie Maks.

– Dla mnie to on jest ewidentnie podejrzany – poparła go Majka. – I bardzo dobrze, że go ugryzłaś – pochwaliła mnie, co nie zdarzało się zbyt często. – Gdybym stała trochę bliżej, zrobiłabym to samo.

Tak się złożyło, że następnego dnia mama miała z rana jakieś spotkanie, więc gdy wychodziła z domu, jeszcze spaliśmy. Obudził nas natarczywy dzwonek do drzwi.

Na korytarzu stał Chudy. Był wściekły.

– Czuję, że ten dół w kocim ogródku to wasza sprawka. Znowu szukaliście skarbów? Czy raczej chcieliście zrobić mi na złość?

W tej sytuacji nie było innego wyjścia, jak wtajemniczyć go w przebieg zdarzeń z poprzedniego wieczoru. Po wysłuchaniu naszej opowieści złość minęła mu jak ręką odjął.

– No tak, teraz rozumiem i nie mam wam za złe. Sam kilkakrotnie widziałem podobnego gościa, jak kręcił się po okolicy

i robił zdjęcia. W tej sytuacji dobrze by było, gdybym przez jakiś czas pełnił funkcję waszego ochroniarza. – Puścił do nas oczko. – No co, nie nadaję się? – Klepnął się po bicepsach. – Ale na serio. Bezpieczeństwa nigdy za wiele. Nie chciałbym, żeby stało się wam coś złego.

– Mówi pan jak moja mama – westchnęłam, a Chudy się roześmiał. – Jednej tylko rzeczy nie rozumiem: jak Monice udało się wykopać tak głęboki dół?

– Na to akurat jest wyjaśnienie – oświadczył Chudy. – To było na krótko przed jej zniknięciem. Bawiliśmy się z Anką,

CZTEREJ PANCERNI I PIES

– przygodowo-wojenny serial telewizyjny zrealizowany w latach 1966–1970 na podstawie książki Janusza Przymanowskiego, osnuty na motywach działań wojennych polskich sił zbrojnych sformowanych w latach 1943–1944 w ZSRR. Przedstawia losy załogi czołgu Rudy i psa Szarika podczas drugiej wojny światowej.

Serial bił szczyty popularności. Nieomal na każdym podwórku dzieci bawiły się w pancernych. Imię Szarik powszechnie nadawano czworonożnym pupilom, a widzowie kochali się w Janku lub Marusi. Mimo zarzutów o zakłamywanie historii i szerzenie komunistycznej propagandy serial wciąż jest lubiany. W 1995 roku zwyciężył w zorganizowanym przez TVP plebiscycie na ulubiony polski serial.

Moniką i jeszcze kilkoma dzieciakami z bloku w czterech pancernych.

– Ja jak wszyscy chciałem być Jankiem. Zwłaszcza gdyby Monika została Marusią. Ale nie miałem na to szans. Byłem wtedy chudzielcem i mikrusem ze słabą siłą przebicia. Jankiem został taki Robert z naszego bloku, Marusią – Anka, Lidką –

GŁÓWNI BOHATEROWIE serialu *Czterej pancerni i pies*:

– Olgierd (Roman Wilhelmi), pierwszy dowódca czołgu, potomek Polaków zesłanych przez cara na Syberię;
– Gustlik (Franciszek Pieczka), ładowniczy czołgu, Ślązak siłą wcielony do wojsk niemieckich, skąd uciekł do Rosjan, uprowadzając czołg;

Monika, więc bez żalu zgodziłem się na rolę Grigorija. Bokser Roberta wcielił się w Szarika...

– Do rzeczy – przerwała mu niezbyt grzecznie Majka.

– Podczas zabawy Monika zarządziła, żeby zrobić okopy, co było o tyle dziwne, że to raczej Anka specjalizowała się w wydawaniu rozkazów. Ale pomysł nam się spodobał, wykopaliśmy więc spory dół w miejscu, w którym znaleźliście butelkę.

– O kurczę – westchnął Maciek.

– Dołu już następnego dnia nie było, co nikogo nie zdziwiło. Myśleliśmy, że to dozorca naprawił dokonane przez nas zniszczenia.

– Janek (Janusz Gajos), drugi dowódca czołgu, gdańszczanin, jego ojciec walczył podczas obrony Westerplatte;

– Grigorij (Włodzimierz Press), kierowca I mechanik, Gruzin;

– Tomuś (Wiesław Gołas), strzelec radiotelegrafista, pochodził ze wsi Studzianki, zaczynał w partyzantce;

– Szarik – pies Janka;

– Marusia (Pola Raksa) – Rosjanka, sanitariuszka w Armii Czerwonej, narzeczona Janka;

– Lidka (Małgorzata Niemirska) – radiotelegrafistka w brygadzie, warszawianka z Pragi, na zakończenie serialu poślubia Grigorija.

– Właśnie – przypomniałam sobie – obiecaliśmy mamie, że zakopiemy ten dół.

Ubraliśmy się szybko i wraz z Chudym ogarnęliśmy pobojowisko na tyle, na ile było to możliwe.

Kiedy moi przyszywani kuzyni pojechali wreszcie do siebie, szwendałam się trochę po mieszkaniu, nie bardzo wiedząc, co ze sobą począć, jakby dopiero teraz zaczęły do mnie docierać emocje, które ostatnio przeżywałam. Zjadłam kolację i postanowiłam wcześnie położyć się spać. Miałam przecież za sobą nieprzespaną noc. Właśnie wtedy w mojej głowie nagle pojawiła się pewna myśl i zrozumiałam, że czeka mnie kolejna zarwana noc. Czasem już tak mam, że ni z tego, ni z owego coś mi się przypomina. Samo z siebie, jakby zupełnie bez mojej woli. I nie jestem w stanie przestać o tym myśleć. Co więcej, ta myśl wywróciła do góry nogami wszystko, w co jeszcze przed chwilą wierzyłam. Prawdą jest, że Michał, Majka i Maks przekonali mnie do swojej koncepcji, teraz jednak znów zaczęłam wątpić. Pytacie, o co konkretnie chodzi? Otóż nagle przypomniałam sobie o Stanisławie Pyjasie i zaczęłam się zastanawiać, kim właściwie był i czy jego śmierć mogła mieć związek ze zniknięciem Moniki.

Wstałam z łóżka i usiadłam do laptopa z mocnym postanowieniem, że znajdę odpowiedź na dręczące mnie pytania.

Rozdział 11

ŁABĘDZIE

W sieci znalazłam mnóstwo stron opowiadających o tajemniczej postaci, która już dwa razy pojawiła się w opowieściach dotyczących Moniki. Jak się dowiedziałam, powstał nawet film oparty na historii Stanisława Pyjasa. Był on studentem krakowskiego Uniwersytetu Jagiellońskiego i współpracownikiem KOR. Zginął w tajemniczych okolicznościach w 1977 roku, tuż przed studenckim świętem zwanym juwenaliami, a jego śmierć stała się powodem wielkich studenckich demonstracji.

Po tajemniczej śmierci **STANISŁAWA PYJASA**, działacza opozycyjnego z okresu PRL, współpracownika KOR, studenta filologii polskiej i filozofii Uniwersytetu Jagiellońskiego, grupa przyjaciół i znajomych zmarłego zorganizowała po mszy pogrzebowej w dniu 15 maja 1977 roku manifestację, tzw. czarny marsz, który przybrał masowe rozmiary. Na zakończenie demonstracji pod Wawelem odczytano deklarację założycielską Studenckiego Komitetu Solidarności w Krakowie i wezwano do ujawnienia winnych śmierci Pyjasa. Wkrótce podobne komitety powstały w innych miastach Polski. SKS-y prowadziły działalność jawną, podając do publicznej wiadomości nazwiska i adresy swoich przedstawicieli (tzw. rzeczników), i zajmowały się obroną praw człowieka. Była to pierwsza tego rodzaju organizacja w krajach bloku wschodniego.

Mną śmierć Pyjasa również wstrząsnęła, bo choć oficjalną jej przyczyną był upadek ze schodów, to wiele wskazywało na to, że student mógł zostać śmiertelnie pobity na zlecenie ówczesnych Służb Bezpieczeństwa. Właściwie do dziś, mimo kolejnych śledztw, nie ma pewności, jak naprawdę było. Długo nie mogłam oderwać się od komputera. A potem jeszcze dłużej przewracałam się na łóżku, nie mogąc zasnąć.

Następnego dnia była sobota, więc jak zwykle spotkałam się z tatą. Ojczulek tym razem postanowił pokazać mi park Mauzoleum Żołnierzy Radzieckich, szczególne połączenie przestrzeni rekreacyjnej i cmentarza z wielkim placem z rzeźbami i obeliskiem poświęconym żołnierzom radzieckim wyzwalającym polskie ziemie spod niemieckiej okupacji. A może raczej, jak twierdzą niektórzy, nowym okupantom.

– Park leży co prawda poza terenem Rakowca, na Mokotowie – mówił tata – ale znajduje się w pobliżu i wiem, że mieszkańcy Rakowca chodzili i chodzą tu na spacery. Miejsce budzi dziś wiele kontrowersji, ale cokolwiek by mówić, doskona-

W 1944 roku na znajdujące się pod okupacją niemiecką ziemie polskie stopniowo wkraczały wojska radzieckie. W ramach tej operacji zginęło wielu żołnierzy radzieckich. W maju 1945 roku **ARMIA CZERWONA** całkowicie zajęła ziemie polskie, co zakończyło trwającą sześć lat okupację niemiecką naszego kraju. W czasach PRL wkroczenie Armii Czerwonej nazywano „wyzwoleniem Polski". Dziś określenie to uważa się za kontrowersyjne ze względu na uzależnienie Polski od ZSRR, które było tego konsekwencją, zmiany ustrojowe wprowadzone po 1945 roku oraz czyny, których dopuszczała się Armia Czerwona na opanowywanych terenach.

Żołnierze radzieccy przebywali w Polsce 49 lat, ostatni opuścili nasz kraj w 1993 roku.

SOCREALIZM (realizm socjalistyczny) – kierunek w sztuce istniejący od 1934 roku w sztuce radzieckiej, a następnie w innych krajach bloku wschodniego. Przez pewien czas miał oficjalny status podstawowej i jedynej metody twórczości artystycznej i był ideowym oraz propagandowym narzędziem ówczesnych władz. Zakładał, że dzieło artystyczne powinno mieć realistyczną formę i socjalistyczną treść. Inne nurty w sztuce, zwłaszcza eksperymentalne, były zwalczane, a ich twórcy represjonowani. W 1949 roku socrealizm wprowadzono w Polsce.

W 1955 roku polscy artyści zaczęli się wyłamywać z tej doktryny i w późniejszym okresie, pomimo sugestii władz PRL, socrealizm nie stanowił głównego nurtu w kulturze i sztuce.

le oddaje meandry polskiej historii. I wpisuje się w nasze wcześniejsze rozmowy o projektującej Rakowiec grupie Praesens, ponieważ niektórzy jej członkowie zostali zaangażowani w pracę nad tym socrealistycznym przedsięwzięciem. – Tata przerwał na chwilę swój monolog i przyjrzał mi się uważnie. – Ale... co ty dzisiaj taka zaspana? – spytał z troską.

– Źle spałam. Wyguglowałam wieczorem, kim był Stanisław Pyjas, i nie mogłam potem zasnąć.

– No, wcale się nie dziwię, to naprawdę straszna historia.

– Bo wiesz... pan Chudy i sąsiadka pani Heleny wspomnieli o nim podczas rozmowy o zniknięciu Moniki. Czy... czy myślisz, że... jego śmierć... mogła mieć z tym jakiś związek?

– Nie. Skąd. Na pewno nie – zapewnił żarliwie tata, którego w międzyczasie zdążyłam wprowadzić w meandry naszego śledztwa. Nie wspominałam o tym w kronice, bo to nie na temat, ale widywałam się teraz z ojczulkiem również w ciągu tygodnia. Sam na sam, bez towarzystwa przyszywanych kuzynów.

To znaczy teoretycznie sam na sam, bo zawsze natykaliśmy się na jakichś znajomych. A to moje koleżanki z poprzedniej (warszawskiej) szkoły, a to kolega taty z czasów studenckich. Raz spotkaliśmy nawet dawno niewidzianą kuzynkę ze strony taty. Jakby się coś sprzysięgło przeciwko temu naszemu tête-à-tête. Mimo to zdołałam z grubsza naświetlić temat naszych detektywistycznych działań. Skoro Maks radził się swojego taty, to czemu ja nie miałabym skorzystać z pomocy swojego? Zwłaszcza że odkąd upadła moja koncepcja porwania rodzicielskiego, rozmawianie o śledztwie stało się bezpieczne, bo nie musiałam poruszać trudnych tematów.

– A poprzedniej nocy też nie spałam – westchnęłam i zdałam mu relację z naszych „wykopalisk".

– Nie ukrywam, że martwi mnie ta historia z człowiekiem z blizną. – Tata się zasępił. – Postaram się teraz częściej przyjeżdżać, żeby mieć cię na oku. Nawiasem mówiąc, mama już w tej sprawie do mnie dzwoniła, bo też się trochę niepokoi.

WOJSKOWI UCIEKALI Z PRL drogą lądową, morską i powietrzną.

Do historii przeszła brawurowa ucieczka pilota ppor. Franciszka Jareckiego. W dniu śmierci Stalina (1953 rok) uprowadził on wojskowy myśliwiec MiG-15 na duńską wyspę Bornholm.

Najsłynniejszą ucieczką morską było opanowanie przez zbuntowaną część załogi i uprowadzenie do Szwecji okrętu ORP „Żuraw" (1951 rok). Członkowie załogi przeciwni ucieczce wrócili do Polski, gdzie zostali skazani nawet na kilkanaście lat więzienia za tchórzostwo i oddanie nieprzyjacielowi okrętu bez walki.

Jedną z najbardziej dramatycznych ucieczek lądowych był wyjazd sześciu żołnierzy Wojsk Ochrony Pogranicza, ściganych przez pół tysiąca polskich pograniczników i wojsko czechosłowackie (początek lat 50.). Wszyscy zostali schwytani, zanim dotarli do Austrii, a organizatora ucieczki rozstrzelano.

Wszystko wskazywało więc na to, że będę miała aż dwóch ochroniarzy: Chudego i tatę.

– Tak się zastanawiam nad koncepcją Majki, Michała i Maksa... – Tata się zadumał. – Zwłaszcza w kontekście waszego znaleziska. To ma ręce i nogi. Żołnierz, który wyjechał na zachód i nie powrócił, jak to robiło w tamtych czasach wielu Polaków, był traktowany zupełnie inaczej niż reszta obywateli. Jak dezerter i zdrajca ojczyzny. A za to groziły dotkliwe kary, łącznie z karą śmierci.

– Naprawdę? – Nie mogłam w to uwierzyć.

– Na szczęście wyroków raczej nie wykonywano, ponieważ uciekinierzy zostawali za granicą, a kraje zachodnie z zasady nie odsyłały ich do Polski. Konsekwencje ponosiły jednak również rodziny, współtowarzysze i przełożeni uciekiniera. Inna rzecz, że oficerowie wyjeżdżali rzadko, a jeśli już, to do krajów tak zwanej demokracji ludowej, tam zaś o azyl nikt nie prosił. Dlatego część wojskowych uciekinierów próbowała nielegalnie przekraczać granicę. Załóżmy, że tata Moniki uciekł z Polski, nawet jako były wojskowy. Można uwierzyć, że wolał zerwać wszelkie kontakty z zaprzyjaźnioną rodziną, niż narazić ją na represje. To by tłumaczyło list Moniki. Jednego tylko nie rozumiem. Skoro Monice zależało, by butelka trafiła do Ani, czemu zostawiła plan we własnym domu? Powinna była przed wyjazdem przekazać go przyjaciółce.

– Też się nad tym zastanawialiśmy, to przecież zupełnie bez sensu. Szczęśliwie pani Ania jutro wraca, więc może coś się wyjaśni.

„Zapytam ją również, czy zna człowieka z blizną – dodałam w myślach. – Może to faktycznie pracownik fundacji albo inna osoba związana z projektem, a nie jakiś zbir". I zrobiło mi się głupio, że ugryzłam niewinnego.

– Kochanie – odezwał się tata dziwnie nieswoim głosem – już dawno miałem... ale wciąż nam coś przeszkadzało... jakoś się nie składało... i może to też nie jest najlepszy moment... – plątał się – słowem... będziesz miała rodzeństwo! – wypalił jednym tchem. – Prawdopodobnie siostrę, tak powiedział lekarz podczas USG – dodał już nieco spokojniej. – Lucynka jest w ciąży.

Choć jeszcze przed chwilą marzyłam o siostrzyczce, teraz nie byłam już taka pewna, czy naprawdę tego chcę. Zwłaszcza jeśli to Lucynka będzie jej mamą.

PLAC POD SKRZYDŁAMI

powstał w latach 60. XX wieku w ramach realizacji położonego w dzielnicy Ochota osiedla Szosa Krakowska. Pierwotnie miało tu powstać monumentalne socrealistyczne osiedle z gmachami użyteczności publicznej, reprezentacyjnymi budynkami, domem towarowym, kinem i wielkim placem – odpowiednik moskiewskiego osiedla Szosa Możajska. Ostatecznie wybudowano dużo skromniejsze osiedle z otoczonym pawilonami placem, na którym na początku lat 70. ustawiono fontannę z rzeźbą *Lecące łabędzie* autorstwa Anny Dębskiej. Głównym architektem obu projektów był Bohdan Pniewski (autor m.in. projektu przebudowy budynków sejmowych). W latach 70. i 80. plac pełnił funkcję peerelowskiego centrum handlowego. W jednym z pawilonów funkcjonowały istniejąca do dziś biblioteka oraz restauracja Pod Skrzydłami.

Późnym popołudniem odwiedzili mnie Michał, Majka i Maks, byłam jednak w takim szoku, że nie zdradziłam im rewelacji, którą uraczył mnie tata. Plątaliśmy się po osiedlu, aż zawędrowaliśmy przed fontannę na placu Pod Skrzydłami i usiedliśmy na ławeczce.

Moi przyszywani kuzyni wciąż nadawali o śledztwie, a zwłaszcza o liście z butelki i człowieku z blizną, ale ja nie byłam w stanie skupić się nad tym, co mówią. Odruchowo przytakiwałam lub zaprzeczałam ich słowom.

– Naprawdę uważasz, że człowiek z blizną to agent CIA, który rozpracowywał rodzinę Moniki? – zdziwił się Maks. – Ja przecież tylko żartowałem.

– Ja też żartowałam. – Wzruszyłam ramionami.

Zapatrzyłam się w wieńczącą fontannę rzeźbę, przedstawiającą dwa wzbijające się do lotu łabędzie. Bo też miałam ochotę wznieść się gdzieś wysoko, wysoko... ponad cały ten rozgardiasz związany ze śledztwem,

człowiekiem z blizną i listem w butelce, niepewność sytuacji z Jackiem, a nade wszystko ponad problemy, które spotkały mnie z powodu rozwodu rodziców, i dylematy, czy w tej sytuacji chcę mieć siostrę czy raczej nie. I zrobiło mi się strasznie ciężko, jakbym została przytwierdzona do swojego losu niczym te wyrzeźbione łabędzie do kamiennego cokołu. Parzyłam na nie i nagle, choć to trochę absurdalne, zrobiło mi się żal, że mimo szeroko rozpostartych skrzydeł nigdy nie wzniosą się w powietrze. Zamknęłam oczy i wyobraziłam sobie, że fruwam ponad fontanną niczym prawdziwy, niewyrzeźbiony łabędź, szybuję ponad chmurami, a potem wzbijam się jeszcze wyżej i wyżej, tak wysoko, że żaden ptak nie jest w stanie tam dolecieć. Miałam wrażenie, że zie-

mia zamienia się w zawieszoną w oddali niebieską piłkę, a głosy moich przyjaciół w niezobowiązujące i całkiem przyjemne brzęczenie. Zrobiło mi się przyjemnie i błogo... I właśnie wtedy usłyszałam ten głos. Męski, trochę zachrypnięty. Głos, który już znałam.

– Nie mam do was żalu – powiedział, a ja otworzyłam oczy i zobaczyłam człowieka z blizną stojącego przy naszej ławce. Michał, Majka i Maks wpatrywali się w niego z napięciem.

– Rozumiem, że mogliście się wystraszyć – ciągnął człowiek z blizną

– więc nie gniewam się o to. – Wskazał zaklejoną plastrem dłoń, a ja mimowolnie się skuliłam. – Mam do was tylko jedną prośbę. Jeżeli coś tam znaleźliście, to powiedzcie mi o tym.

– Nie – odparła na to Majka, tak że nie było wiadomo, czy to „nie" odnosi się do „nie znaleźliśmy", czy raczej „nie powiemy". Po czym wstała z ławki i odeszła, a my za nią.

Kiedy byliśmy już w bezpiecznej odległości, Maks spytał:

– Jak to się stało, że znów go nie zauważyliśmy?

– Zagadaliśmy się. – Michał wzruszył ramionami. – Na przyszłość musimy być czujniejsi.

– Ja go widziałam – oświadczyła Majka.

– To czemu nas nie ostrzegłaś?

– Temu... – Pokazała nam zdjęcie mężczyzny w komórce. – Udawałam, że fotografuję łabędzie, żeby nie wzbudzić podejrzeń – wyjaśniła.

– Kto wie, może to się nam jeszcze przyda – pochwalił ją Maks. – I przynajmniej wiemy, że on też szukał listu. Może warto czasem się zagapić.

Wieczorem czekała mnie jeszcze jedna niespodzianka. Zajrzałam na Fejsa i zobaczyłam...

że Jacek opublikował selfie zrobione pod kolumną Zygmunta. Nie mogłam uwierzyć. A więc jest już w Warszawie! Tylko czemu nic o tym nie wspomniał? Poczułam się okropnie. Przez dłuższy czas zastanawiałam się, co w tej sytuacji zrobić. Obrazić się i w ogóle nie zareagować? Ochrzanić go w esemesie? A może jednak napisał do mnie, tylko wiadomość z jakichś powodów nie dotarła? Albo przyjechał do Wawki nagle i dopiero zamierza się do mnie odezwać? Ostatecznie wybrałam neutralne rozwiązanie, rodzaj podpuchy. A mianowicie umieściłam pod zdjęciem komentarz takiej oto treści:

To jak długo jesteś w Wawce? Kiedy się widzimy?

O dziwo, nie musiałam długo czekać na odpowiedź. Tyle że Jacek, zamiast napisać komentarz do komentarza, wysłał mi prywatną wiadomość, w której wyjaśniał, że sorki, że jest już z powrotem w Szczecinie, a w ogóle to nie miał się jak wyrwać, bo matka ciągała go po rodzinie, wciąż jakieś obiadki, odwiedziny u krewnych, zwiedzanie. Słowem, nudy. Ale pewno przyjedzie jeszcze raz w wakacje, więc może wtedy się uda.

Zrobiło mi się naprawdę nieprzyjemnie. Gdybym to ja była na jego miejscu, uciekłabym z obiadu u cioci albo ze zwiedzania, żeby się z nim spotkać. I kiedy to sobie pomyślałam, przyszło olśnienie i nagle wszystko zrozumiałam. To nie to, że Jacek kochał się w Pauli czy kimkolwiek innym. Nie to, że mnie olewał lub zwodził. Po prostu nie byłam dla niego aż tak ważną osobą, żeby zrywać się z nudnego obiadu u cioci, narażając na rodzinną aferę. Owszem, lubił mnie, może nawet bardziej niż inne dziewczyny ze szkoły. Lubił mnie tak... jak ja lubiłam Michała, który był moim faworytem w gronie przyszywanych kuzynów. Ale nie lubił mnie aż tak jak ja jego. Rzecz w tym, że ulegając marzeniom, wzięłam jego sympatię za coś więcej. Była to poniekąd sytuacja podobna do tej pomiędzy mną a Michałem podczas ostatnich wakacji. Nie powiem, żeby ta konstatacja sprawiła mi przyjemność. Prawdę mówiąc, miałam dość Jackowych tematów. Dobrze chociaż, że z przyszywanymi kuzynami ostatnio się poprawiło. Zahaczyłam bliźniaki na Skypie i jeszcze długo gadaliśmy o śledztwie, a przede wszystkim zastanawialiśmy się, jak pani Ania zareaguje na nasze znalezisko.

Pani Ania siedziała nad wydobytym z butelki listem i miała oczy pełne łez. Wreszcie jedna z nich spłynęła na policzek. Kobieta otarła ją wierzchem dłoni i westchnęła.

– Wybaczcie.

Odczekaliśmy chwilę, żeby doszła do siebie, i zasypaliśmy ją tysiącem pytań. Efekt okazał się jednak nie do końca zadowalający.

– Nie znam tego pana – oświadczyła, spoglądając na zdjęcie człowieka z blizną. – Nie widziałam go nigdy w fundacji, co jeszcze nie znaczy, że tam nie pracuje. Popytam przy najbliższej okazji.

Nie pamiętała też zabawy w kopanie okopów.

– Coś takiego może i się wydarzyło – powiedziała. – Teraz sobie mgliście przypominam. Ale raczej to, że potem była jakaś chryja o wykopany dół, bo dozorca nas przyuważył

192

i nawet przyszedł do moich rodziców. Jednak samego kopania i zabawy w czterech pancernych to już nie pamiętam.

Nie pamiętała również tego, żeby Monika przed zniknięciem dała jej jakieś wskazówki co do zakopanej butelki.

– Obiecała mi jedynie niespodziankę. Ale... nie zdążyła już spełnić obietnicy.

Na koniec oznajmiła, że musi na kilka dni zawiesić śledztwo.

– Jak to? – spytała z niedowierzaniem Majka. – W takim momencie?!

– Boję się, że nie zdążę z przygotowaniami do *Spaceru po dzieciństwie* i będę musiała zwrócić pieniądze, których, jak wiecie, praktycznie już nie ma. – Westchnęła. – Wybaczcie, kochani. Wrócimy do tematu po happeningu.

Wybaczyliśmy, co nie znaczy, że odpuściliśmy temat. Obserwowaliśmy otoczenie, czekając na pojawienie się człowieka z blizną (pod opieką naszych dwóch „ochroniarzy"), a Maks za pomocą programu do porównywania twarzy i zdjęcia zrobionego przez Majkę próbował zlokalizować gościa w sieci. Bez powodzenia.

Oczywiście pomagaliśmy też pani Ani w ostatnich przygotowaniach do happeningu, a zwłaszcza w działaniach promocyjnych. Maks nagłośnił wydarzenie na Facebooku, nasza trójka zaś roznosiła tradycyjne zaproszenia, bo jak wyjaśniła artystka, „chodzi o to, by ten projekt dotarł również do społeczności lokalnej, a zwłaszcza osób starszych, które nie korzystają z internetu i nie mają konta na Facebooku".

Zabawiliśmy się więc w listonoszy i wrzuciliśmy zaproszenia do wszystkich skrzynek na listy w moim bloku i dwóch sąsiednich. Wybraliśmy się też na Sanocką. A nuż wnuczek w międzyczasie wróci i wybierze się na happening. Miłą sąsiadkę zaprosiliśmy osobiście.

Ja pozapraszałam też ludków z nowej szkoły. Trochę to ożywiło moje relacje towarzyskie, bo tyle się ostatnio w moim życiu (i poza szkołą) działo, że teraz to już kompletnie nie miałam czasu, żeby się z kimś zakumplować. Przy okazji wręczania zaproszeń i tłumaczenia, o co chodzi, odkryłam, że mam w klasie kilka całkiem fajnych osób.

Swoją drogą, aż trudno uwierzyć, ile jest roboty przy takim projekcie.

Dosłownie w ostatniej chwili wpadliśmy na pomysł, by włączyć do planu zwiedzania miejsce, w którym znaleźliśmy list w butelce.

– No przecież tam też się bawiłyście.

Pani Ania nie była zachwycona tym pomysłem.

– Już i tak nie wiem, w co ręce włożyć – narzekała.

Wyjaśniliśmy jednak, że to może pomóc w szukaniu Moniki.

– Być może przyjdzie tam ktoś, kto uczestniczył w tej zabawie, i coś sobie przypomni? – kusiła Majka.

Tym ją przekonaliśmy. Pani Ania westchnęła ciężko i przyznała nam rację.

Dzień przed wiekopomnym wydarzeniem udało nam się namówić zapracowaną artystkę na dłuższą pogawędkę.

– Jednej sprawy nie rozumiem – zastanawiał się Maks.
– Monika napisała, że odezwie się, jak tylko będzie mogła.

To oczywiste, że nie zrobiła tego w pierwszym czy drugim roku po wyjeździe, żeby was nie narażać. Ale potem... W pewnym momencie wreszcie powinna do pani napisać.

– No tak, tyle że potem nadeszły jeszcze trudniejsze czasy: stan wojenny, kontrola korespondencji... Lata siedemdziesiąte to i tak był dość liberalny okres jak na PRL. Tak zwany czas propagandy sukcesu. Żyło się wówczas dużo swobodniej niż w poprzednich dekadach. I dostatniej. Niestety kosztem zaciągniętych kredytów, co w efekcie spowodowało kryzys gospodarczy. No ale nie będę wam teraz robić kolejnego wykładu z historii PRL. – Roześmiała się. – Poza tym... po dwóch latach ja też się stąd wyprowadziłam.

– Jak to? – zdziwiłam się. – Przecież mówiła pani, że przyjaźniła się z chłopcem, który wprowadził się do mieszkania Moniki.

– Mimo przeprowadzki często wracałam na osiedle, bo miałam tu przyjaciół. Nie tak bliskich jak Monika, ale byli dla mnie ważni. No i może jeszcze dlatego, że sprawa jej

Rządy I sekretarza PZPR

EDWARDA GIERKA

(1970–1980) określono potem okresem propagandy sukcesu z uwagi na wyolbrzymianie osiągnięć ówczesnej władzy (według niej Polska stała się wówczas ósmą potęgą gospodarczą świata). Rzeczywiście żyło się wówczas w PRL lepiej. Częściowo otworzono granice, umożliwiając kontakty z Zachodem. Naukowcy i artyści mieli więcej swobody. Służba Bezpieczeństwa, choć liczna, unikała brutalnych działań. Gierek modernizował gospodarkę, nawiązał kontakty gospodarcze z krajami zachodnimi, zapowiedział podniesienie stopy życiowej Polaków. Jednak w połowie lat 70. w kraju pojawiły się oznaki kryzysu gospodarczego, wywołanego m.in. zaciągnięciem licznych kredytów, a także sytuacją na świecie, co w konsekwencji doprowadziło do protestów społecznych.

zniknięcia nie dawała mi spokoju. Miałam nadzieję, że może któregoś dnia tu się pojawi. Bo jeśli nie tutaj, to gdzie? Mogło więc się zdarzyć, że pisała na mój adres, ale mnie już tam nie było. Próbowałam nawet dopytywać nowych lokatorów, czy nie przyszła do mnie jakaś korespondencja. Ale byli to wyjątkowo niesympatyczni i niekontaktowi ludzie. Za którymś razem usłyszałam, żebym wreszcie się odczepiła, tyle że zostało to powiedziane o wiele dosadniej.

Siedzieliśmy przed blokiem i zamiast wpatrywać się w „bliznę po piaskownicy", spoglądaliśmy na tabliczkę z napisem „Okopy" umieszczoną w miejscu, w którym znaleźliśmy butelkę. Miny mieliśmy trochę nietęgie, bo śledztwo znów utknęło w martwym punkcie.

– Nie ma powodu do zmartwień – odezwała się wreszcie pani Ania. – Minie całe to zamieszanie związane ze *Spacerem po dzieciństwie* i poszukiwania ruszą z kopyta. – Wcale nie mieliśmy pewności, że sama w to wierzy. – Tak czy inaczej, dzięki wam zyskałam najpiękniejszą pamiątkę po Monice: list. Schowam go z powrotem do butelki i ustawię ją na honorowym miejscu w mieszkaniu w Kanadzie.

Nieoczekiwanie nad naszymi głowami rozbrzmiał męski głos:

– Przepraszam, czy pani Ania?

Zerwaliśmy się wszyscy z ławki. Tym razem nie był to jednak człowiek z blizną, lecz nieznajomy młody mężczyzna.

– Jestem Patryk Godula – przedstawił się. – Wnuk pani Heleny – wyjaśnił, a nam opadły szczęki.

Okazało się, że pan Patryk wrócił do Polski dwa dni wcześniej i znalazł w skrzynce na listy nasze zaproszenie. Potem na
korytarzu zaczepiła go sąsiadka i zrelacjonowała naszą wizytę.

– Nie poczekała nawet, aż wtacham walizkę do mieszkania
– zaśmiał się. – Niestety, zgubiła gdzieś numer telefonu pani
Ani, więc postanowiłem zdać się na szczęście i wybrałem się
tu dzisiaj. Pomyślałem sobie, że jutro podczas imprezy nie
będzie okazji do rozmowy. No i udało się. A wszystko dzięki
temu, że tak dokładnie mi panią opisała.

– Dokładnie, czyli jak?

– Powiedziała, żebym szukał młodej dziewczyny z siwymi
kręconymi włosami.

Pani Ania się roześmiała. A potem zwaliliśmy się wszyscy do Chudego na herbatę. Nawet nie zdajecie sobie sprawy, jak bardzo byliśmy podekscytowani. Rozwiązanie zagadki wydawało się tak bliskie...

– Z tego, co wiemy – powiedziała niecierpliwie nasza dorosła przyjaciółka – wrócił pan właśnie od rodziny z Niemiec. Czy... czy... spotkał tam pan może... nie wiem nawet, kim ona dla pana jest... ciocię? kuzynkę? Słowem... Monikę, z domu Nowak? Czy ktoś taki tam mieszka?

Młody człowiek pokręcił przecząco głową.

– Niestety nie. Mam bardzo dużą rodzinę, więc niektórych osób nawet nie kojarzę. Najwyraźniej Monika, o którą pytacie, właśnie do nich należy.

Nie wierzyliśmy własnym uszom.

– Jak to?! – oburzyła się Majka.

– A może słyszał pan o zaginionej przed laty dziewczynce? – spytał przytomnie Michał.

Pan Patryk spojrzał na niego zdziwiony.

– Nie. Nawet nie wiedziałem, że w naszej rodzinie były takie ciekawe historie.

– A o osobach, które wyemigrowały za granicę? – dopytywała pani Ania.

– W mojej rodzinie jest mnóstwo takich osób. O ile mi wiadomo, mieszkają przynajmniej w dwóch miastach Niemiec, w Anglii, Irlandii, Norwegii, Stanach Zjednoczonych, ale tych to już kompletnie nie kojarzę, bo to bardzo dawna emigracja. Z tego, co wiem, ktoś mieszka nawet w Kanadzie.

Dosłownie opadły nam ręce.

– Ale może... może pani Helena... ciocia, w której domu pan mieszka, będzie wiedziała coś więcej – dociskał Chudy.

Nasz rozmówca posmutniał.

– Pewno wiedziałaby więcej. Znała mnóstwo rodzinnych opowieści, ale ja nie chciałem ich słuchać. Kiedyś wydawały mi się nudne, teraz żałuję. Powinienem był wziąć dyktafon i nagrać te wszystkie historie. Ale już za późno...

– Jak to za późno?! – zaniepokoiła się pani Ania.

– Ciocia zmarła dwa lata temu.

Nie mogliśmy uwierzyć. Choć nie znaliśmy osobiście pani Heleny (prócz pani Ani, która widziała ją raz czy dwa czterdzieści lat temu, i Chudego, który dyskutował z nią o kotach), przez te wszystkie opowieści o niej stała się nam dziwnie bliska.

– Bardzo współczuję – wykrztusiła pani Ania.

– I ja – dodał Chudy. – Znałem ją i lubiłem.

Potem zapadło milczenie. Nawet jednooki kot Chudego przestał mruczeć.

– A może... może... – odezwała się wreszcie pani Ania – może rodzina ze Śląska będzie coś wiedzieć? Albo krewni z zagranicy?

– To możliwe. – Pan Patryk się ożywił. – Jedno mogę wam obiecać: będę pisał i dzwonił, do kogo się da. A kiedy coś ustalę, natychmiast się do was odezwę.

Skąd mogliśmy wiedzieć, że jego wysiłki już wkrótce okażą się zbędne?

Rozdział **12**

SPACER PO DZIECIŃSTWIE

Byłam naprawdę zdziwiona, jak wiele osób pojawiło się na happeningu pani Ani.

Prawdziwy tłum. Starsi i młodsi, kobiety i mężczyźni, dzieciaki w różnym wieku, grupa obcokrajowców rozmawiających w jakimś niezidentyfikowanym (nawet przez Michała) języku. A nawet, co trochę mnie zdziwiło, kilka osób z transparentami przedstawiającymi lwie antylopy. Ja jednak wypatrywałam w tym gronie tylko jednej osoby. I wreszcie... ją dostrzegłam. Nie było to łatwe, bo nie pchała się do pierwszego szeregu. Skryła się w tłumie, a na jej twarzy wychylającej się zza ramion stojących bliżej widzów malowało się wzruszenie. Miała ciemne gładkie włosy i znamię na policzku w kształcie motyla.

– Monika! – wrzasnęłam i wtedy ktoś chwycił mnie za ramię. Odwróciłam się i zobaczyłam twarz mamy.

– Znowu zły sen? – spytała. – Zaczęłaś krzyczeć.

– Zły? Nie. Śniło mi się, że Monika przyszła na happening.

– Czyli raczej dobry. – Mama się roześmiała.

– I miejmy nadzieję, że proroczy – dodałam.

Choć było jeszcze wcześnie, czułam, że już nie zasnę. Zjadłam więc z mamą (która też się rozbudziła) śniadanie, a potem z niecierpliwością czekałam na przyjazd pani Ani i moich przyszywanych kuzynów. O dziwo, odczuwałam tremę, i to dużą. Zastanawiałam się, czy wszystko pójdzie jak należy, i martwiłam o frekwencję. Zupełnie jakby to był mój projekt.

Kiedy ekipa już się zjechała, obeszliśmy wszystkie punkty, sprawdzając, czy jest okej, czy każda tabliczka jest na miejscu. A ponieważ wszystko wyglądało, jak należy, znów oddałam się czekaniu. Ale tym razem czułam się raźniej, bo w towarzystwie przyjaciół.

Na prawdziwym happeningu również zebrało się sporo osób. Może nie taki tłum jak w moim śnie, ale było naprawdę nieźle. W każdym razie pani Ania wydawała się bardzo zadowolona z frekwencji. Pojawiło się sporo sąsiadów z naszego bloku i kilkanaście osób z sąsiednich budynków, nasi rodzice w komplecie, przedstawiciele fundacji, pan Patryk z sąsiadką z Sanockiej. Stawili się też warszawscy znajomi pani Ani (prawie sami artyści), pan Wojtek (szpakowaty „młodzieniec" z czarnej terenówki), znajomi Chudego oraz rozliczni znajomi znajomych. Ku mojej radości przyszło kilkoro koleżanek i kolegów z mojej nowej klasy. Do tego grona dołączyła spora grupa bliżej niezidentyfikowanych osób. Pojawili się nawet przedstawiciele mediów, między innymi parę osób z apara-

tami fotograficznymi i jakaś pani z całkiem profesjonalnie
wyglądającą kamerą filmową.

Pamiętając swój sen, wypatrywałam jednak kobiety ze
znamieniem w kształcie motyla. Niestety, bez skutku, choć
mogła przecież chować się w tłumie.

Wycieczkę po dzieciństwie pani Ani rozpoczęliśmy pod
blokiem uroczystym odkopaniem gigantycznego sekretu (lub
– jak niektórzy wolą – widoczku), dość tradycyjnego w formie,
pełnego różnokolorowych papierków, sreberek i kwiatków.
Przy okazji nieco stremowana artystka (jak później wyznała,

pierwszy raz występowała przed ludźmi, których pamiętała z dzieciństwa) wygłosiła słowo wstępne i objaśniła zgromadzonym ideę projektu. Następnie wybraliśmy się w okolice Dyrekcji Generalnej Lasów Państwowych, gdzie w latach siedemdziesiątych Ania i Monika buszowały wśród wielkich traw i wspinały się po drzewach, czyli na tak zwaną Równinę. Tu sekret/widoczek wyglądał mniej tradycyjnie. Pod zakopanym w ziemi szkłem znalazły się „bursztyny", czyli kawałki uzbieranej przez dziewczynki („zabytkowej" już) żywicy. Chętni mogli ściągnąć aplikację, skorzystać z gogli i obejrzeć prezentację przedstawiającą między innymi zdjęcia dawnej Równiny i skany legitymacji drzewołazów. Stacja numer trzy znajdowała się przy ulicy Sierpińskiego, nieopodal Carrefoura, i nosiła nazwę Piaski. Na tabliczce znalazła się wizualizacja kupki piachu, na której dziewczynki bawiły się w lwie

antylopy, oraz zlokalizowanego obok Cmentarza Zwierząt. Za ukrytym pod ziemią szkłem znalazły się rysunki lwich antylop. Potem były stacja Górki plus przerwa na piknik, stacja numer pięć, czyli Kaczkowe Jezioro (karmiliśmy kaczki) i stacja numer sześć – Wyspa Ludożerców, po której nie został nawet ślad, ponieważ w miejscu dawnych chaszczy stały wieżowce. Na stacji numer siedem (Pałac Grzmotów) można było posłuchać „grzmotów" w słuchawkach. Następnie przeszliśmy do stacji numer osiem (Planeta Marsjańska). Oczywiście wszystkim tym przystankom towarzyszyły opowieści pani Ani o dawnych czasach i dziecięcych zabawach dwóch przyjaciółek. Z twarzy zgromadzonych można było wyczytać, że projekt przypadł im do gustu. Kilka osób otarło nawet łzę wzruszenia, zapewne wspominając dawne czasy. Inni dziwili się wyobraźni dziewczynek, które wymyślały tak niezwykłe

zabawy. A jeszcze inni dorzucali własne wspomnienia. W rezultacie wycieczka mocno się przedłużyła i wróciliśmy pod blok zmęczeni, ale też dumni z sukcesu. Zwłaszcza że pani Ania publicznie nam podziękowała za pomoc w przygotowaniu projektu. *Spacer po dzieciństwie* kończyła stacja numer dziewięć, czyli „Okopy", gdzie czterdzieści lat temu Ania, Monika, Chudy i inne dzieciaki z podwórka bawili się w czterech pancernych.

– Pierwotnie nie miałam w planie tego przystanku – wyznała pani Ania. – Prawdę mówiąc, nawet nie pamiętam wydarzeń, które się tu rozegrały. Ale moi młodzi przyjaciele – w tym momencie wskazała nas – namówili mnie, żeby włączyć tę stację do wycieczki po dzieciństwie. I jestem im za to bardzo wdzięczna – wszyscy zaczęli się na nas gapić, a ja poczułam specyficzną mieszaninę zakłopotania i dumy – ponieważ liczę, że wspomnienie tego, co wydarzyło się tutaj czterdzieści lat temu, pomoże mi odnaleźć Monikę. A teraz poproszę o zabranie głosu kogoś, kto lepiej niż ja pamięta tamte wydarzenia.

W tym momencie Chudy zaczął z wielką werwą opowiadać historię, którą już słyszeliśmy. O tym, jak wspólnie z dzieciakami kopał tu okopy i marzył, żeby zostać Jankiem Kosem.

Zgromadzeni wyglądali na nieco rozczarowanych. Spodziewali się jakichś niezwykłych wydarzeń, a dostali opowieść o dziecięcej zabawie w czterech pancernych. Wtedy znów odezwała się pani Ania.

– Jeżeli jest wśród państwa ktoś, kto pamięta coś więcej w związku z opisaną przez kolegę sytuacją, coś, co wydarzyło się bezpośrednio przed nią lub po niej, albo w ogóle wie cokolwiek na temat losów Moniki, to będę wdzięczna, jeśli teraz lub po imprezie opowie mi o tym.

Wpatrywałam się w zgromadzonych, licząc, że tak jak w moim śnie zobaczę wśród nich kobietę ze znamieniem w kształcie motyla na twarzy. Następnie dawne przyjaciółki rzucą się sobie w ramiona, a potem pani Monika zdradzi nam sekret swojego zniknięcia. Oczywiście zdawałam sobie sprawę, że to mało realny scenariusz, ale i tak miałam nadzieję, że się ziści. Niestety, nic takiego nie nastąpiło. Wydarzyło się natomiast coś, co zaskoczyło nas chyba jeszcze bardziej, niż gdybyśmy mieli wśród publiczności odnaleźć Monikę. Zamiast poszukiwanej przez nas kobiety przez tłum zgromadzonych przepychał się... człowiek z blizną. Jak to się stało, że nie

zauważyliśmy go wcześniej? No cóż, po pierwsze: stał z tyłu, za plecami licznie zgromadzonych uczestników wydarzenia. Po drugie: naciągnął na twarz daszek czapki bejsbolówki. Po trzecie: za bardzo chyba byliśmy skupieni na wypatrywaniu Moniki, by zwrócić uwagę na cokolwiek innego. Po czwarte: chyba nikt z nas się nie spodziewał, że po tym wszystkim, co się wydarzyło, pojawi się publicznie, i to na happeningu pani Ani.

Tymczasem człowiek z blizną jak gdyby nigdy nic przesunął daszek czapki na tył głowy, odsłaniając twarz, a następnie stanął obok naszej ulubionej artystki i przemówił:

– Nazywam się Franciszek Widera. Nigdy nie mieszkałem w tym miejscu i nie było mnie tutaj w dniu, w którym bawili się państwo w czterech pancernych – zwrócił się bezpośrednio do pani Ani i Chudego.

– To po co się pan odzywa? – skwitował jego słowa jakiś niecierpliwy sąsiad.

– Natomiast przyjechałem tu nazajutrz i jeszcze tego samego dnia wraz z moją młodszą kuzynką Moniką opuściłem Warszawę. Wyjechaliśmy razem na Śląsk. Pragnę zapewnić, że Monika ma się dobrze. Obecnie mieszka z mężem i dziećmi w Kanadzie.

– W Kanadzie?! Gdzie konkretnie? – spytała z niedowierzaniem pani Ania; jak może niektórzy pamiętają, również mieszka w tym kraju (w przerwach między rozlicznymi zagranicznymi rezydencjami artystycznymi).

– W Toronto – odparł człowiek z blizną.

– Ech! – westchnęła pani Ania, która mieszka w Montrealu.

– Ale to nic, teraz już nic nam nie przeszkodzi w spotkaniu.

– Mniej więcej trzy miesiące temu – ciągnął mężczyzna – Monika miała dziwny sen. Przyśniła się jej przyjaciółka z dawnych lat, czyli pani. Nie tylko pojawiła się pani w tym śnie, lecz wyraźnie ją pani do siebie wzywała.

– Niesamowite. – Pani Ania wpatrywała się w człowieka z blizną dobrze mi znanym wzrokiem człowieka, który ujrzał ducha. – Akurat trzy miesiące temu dopinałam sprawy związane z projektem.

– Monika napisała do mnie maila z prośbą, żebym, jeśli to możliwe, wybrał się do Warszawy, zrobił kilka zdjęć miejsc, w których bawiła się jako dziecko, i poszukał pewnego przedmiotu, który dokładnie tutaj – wskazał tabliczkę z napisem „Okopy" – ukryła. Obiecałem, że zrobię to, kiedy tylko będę mógł, i obietnicy dotrzymałem. W końcu ze Śląska bliżej jest do

Warszawy niż z Kanady. Zdjęcia już jej przesłałem. Zdziwiła się, jak bardzo się tu wszystko zmieniło. Niestety, przedmiotu, na którym tak bardzo jej zależało, nie udało mi się odnaleźć. No ale może komuś innemu się poszczęściło. – W tym momencie spojrzał na nas wymownie, a potem wrócił do swojej opowieści. – Kilka dni temu natknąłem się na plakaty reklamujące projekt artystyczny pod nazwą *Spacer po dzieciństwie* i pomyślałem sobie, że skoro i tak tu jestem, to zajrzę. Czemu nie? Nawet coś mnie tknęło, że może to mieć związek ze sprawami, które mnie tu sprowadziły.

Przyznam szczerze, że szczęki opadły nam chyba aż na klatkę piersiową. Pierwsza ocknęła się Majka i zaczęła zasypywać człowieka z blizną pytaniami. Nie zawsze dyskretnymi, może więc trudno się dziwić, że nie chciał na nie odpowiedzieć.

– O, przepraszam panienkę, ale to są rodzinne sprawy państwa Nowaków. Nie czuję się upoważniony, aby bez ich zgody publicznie o nich opowiadać.

– To może... potem? – nie dawała za wygraną Majka.

– Owszem. – Mężczyzna pokiwał głową. – Potem chętnie się z panią Anią spotkam w bardziej kameralnych okolicznościach.

W tym momencie Michał nachylił się do mojego ucha i usłyszałam jego szept:

– A może on ściemnia?

– Czekajcie, mam pewien pomysł – oznajmił człowiek z blizną – ale... muszą mi państwo dać chwilę.

I poszedł sobie gdzieś, nie wiadomo gdzie. Chwila się przedłużała. Niektórzy ze zgromadzonych zaczęli się niecierpliwić. A ja doszłam do wniosku, że być może Michał ma rację.

– Trzeba było gościa śledzić. – To Majka nachyliła się do mojego drugiego ucha. – Założę się, że już go nie zobaczymy.

I właśnie wtedy mężczyzna wrócił, uśmiechnięty od ucha do ucha, z tabletem w dłoni.

– Udało mi się złapać Monikę i powiedziała, że chętnie pogada z państwem na Skypie.

Z monitora spoglądała na nas sympatyczna twarz ciemnowłosej kobiety w średnim wieku. Pytacie, skąd wiedzieliśmy, że to ona? Rozpoznaliśmy ją po znamieniu na policzku.

Dokładnie takim samym jak na zdjęciu, które na początku naszego śledztwa pokazała nam pani Ania. Poza tym bardzo się zmieniła. I nie chodzi tylko o kwestie związane z wiekiem. W niczym nie przypominała tamtej grzecznej dziewczynki. Miała wystrzyżone włosy, mnóstwo kolczyków i tatuaż nad obojczykiem, który również przedstawiał motyla.

– Pamiętacie mnie? – Kobieta pomachała do nas z ekranu.

– To ja, Monika. Kurczę, sama nie wiem, co powiedzieć. Wciąż nie mogę w to wszystko uwierzyć.

A potem człowiek z blizną, ściskając tablet, podszedł do pani Ani i przez chwilę kobieta z realu i kobieta z ekranu wpatrywały się w siebie. Aż wreszcie po policzku pani Ani spłynęła łza.

Wieczorem spotkaliśmy się u Chudego: ja, Michał, Majka, Maks, pani Ania, Chudy, człowiek z blizną, czyli Franciszek Widera, i pani Monika (tym razem z ekranu laptopa). Rozmowy trwały długo, streszczę wam więc tylko najważniejsze kwestie.

Rodzice Moniki się rozwiedli, ale musieli mieszkać razem z powodu problemów lokalowych.

Najczęstszym sposobem na otrzymanie własnego lokum w PRL było zapisanie się do SPÓŁDZIELNI MIESZKANIOWEJ. Setki tysięcy osób dostały w ten sposób mieszkanie po zgromadzeniu odpowiedniej kwoty na książeczce mieszkaniowej (10%–20% kosztów budowy). Trzeba jednak pamiętać, że czekało się na takie lokum bardzo długo (nawet kilkanaście lat), przydziałom towarzyszyła korupcja, a jakość oddawanych budynków często pozostawiała wiele do życzenia, co wykpiwał w swoich filmach Stanisław Bareja. Istniały też, tak samo jak dziś, mieszkania służbowe. Najmniej było lokali prywatnych.

Co ciekawe, w PRL oddawano do użytku więcej mieszkań niż obecnie (najwięcej w latach 70.), lecz mimo to wciąż ich brakowało. Powodem było m.in. to, że w czasie drugiej wojny światowej Polska straciła 2 miliony mieszkań.

Długo próbowali ukrywać swoje problemy przed córką. Myśleli, że tak będzie lepiej, ale mylili się, bo dziewczynka bardzo źle znosiła tę sytuację. Czuła, że coś jest nie tak, ale nie wiedziała, jak to określić, i nie umiała zwierzyć się ze swoich problemów nawet przyjaciołom. Po latach rodzice Moniki zrozumieli swój błąd i przeprosili za niego córkę.

– To było dla mnie bardzo ważne i budujące. Cieszę się, że się na to zdobyli – wyznała nam pani Monika.

Już w trakcie sprawy rozwodowej dołączyły się problemy natury politycznej. Mama Moniki wraz ze swoją siostrą zaangażowała się w działalność KOR. Ukarano ją za to aresztem (to był ten niby wyjazd do chorej cioci) i zwolniono z pracy.

Tata Moniki również miał z tego powodu kłopoty, nie bardzo nawet pomogło, że był z żoną opozycjonistką po rozwodzie. W tym czasie pobito kilku członków KOR, rodzina uznała więc, że bezpieczniej będzie, jeśli mama po opuszczeniu aresztu pojedzie do rodziny na Śląsk. Monika miała do niej wkrótce dołączyć, zwłaszcza że problemy taty się nasiliły, kiedy znaleziono u niego w domu wydawany przez KOR biuletyn informacyjny

WŁADZE PRL stosowały wobec członków i współpracowników Komitetu Obrony Robotników różnego rodzaju represje: zdarzały się przypadki pobicia i „anonimowe" groźby, utrudniano działalność, zwalniano z pracy, nakładano grzywny za organizowanie zebrań członków KOR w prywatnych mieszkaniach i „nielegalną zbiórkę pieniędzy" (na rzecz pozbawionych pracy robotników i ich rodzin). Aresztowano lub zatrzymywano na 48 godzin. Wywołało to liczne protesty w Polsce i za granicą, pod wpływem których władze PRL ogłosiły amnestię. W lipcu 1977 roku członkowie KOR i ostatni robotnicy skazani po strajkach z czerwca 1976 wyszli na wolność. Pierwotny cel Komitetu został osiągnięty. Ponieważ jednak w trakcie jego prac wykryto wiele niepraworządnych działań władz PRL, we wrześniu 1977 roku KOR został przekształcony w Komitet Samoobrony Społecznej KOR.

„Komunikat", w którym publikowano dane o represjach wobec robotników. Agenci SB podjechali pod blok czarnym samochodem, a Monika była świadkiem rewizji.

W tej sytuacji należało jakoś wyjaśnić dziewczynce, co się dzieje. Zwłaszcza że wkrótce czekał ją wyjazd na Śląsk do mamy. Rodzice Moniki uznali, że tak będzie bezpieczniej. Tata, chcąc uniknąć kolejnych kłopotów, prosił córkę o zachowanie tajemnicy. To właśnie wtedy dziewczynka postanowiła zrobić „okop" i ukryć w nim wiadomość dla przyjaciółki.

Wówczas w Krakowie znaleziono ciało jednego ze współpracowników KOR Stanisława Pyjasa, a mieszkanie Moniki znowu zostało przeszukane. Nawiasem mówiąc, nie była to ostatnia rewizja. Skutki kolejnej, przeprowadzonej już po zniknięciu dziewczynki, widziała mała Ania, kiedy przez szparę

w uchylonych drzwiach zajrzała do mieszkania zaginionej przyjaciółki. Wyjazd więc przyspieszono i właśnie z tego powodu Monika nie zdążyła przekazać Ani mapy z miejscem ukrycia butelki z listem. Tak się pechowo złożyło, że Ani nie było w domu w dniu wyjazdu Moniki, a ta obawiała się zostawić tak ważny dokument pod wycieraczką Nowakowskich. Jeszcze by wpadł w niepowołane ręce. Zresztą wszystko odbywało się w ogromnym pośpiechu, a Monika wciąż liczyła, że wkrótce wróci na Rakowiec – w mieszkaniu zostało przecież tyle ważnych dla niej rzeczy! I prawdę mówiąc, miała prawo żywić takie nadzieje, bo nikt z dorosłych nie powiedział jej jednoznacznie, że to jest wyjazd na zawsze, o co jeszcze przez wiele lat miała pretensje. Mapka została więc w mieszkaniu Moniki, a po latach trafiła w nasze ręce.

Pod blok zajechał czarny samochód (taksówka) z kuzynem Franciszkiem ze Śląska, zwanym przez nas człowiekiem z blizną, który zabrał dziewczynkę na dworzec kolejowy.

– A więc to ten twój sen... ten niby... o porwaniu Moniki... W pewnym sensie miałaś rację – skomentował później Michał. – Pod blokiem rzeczywiście pojawił się czarny samochód z kuzynem, nawet imiona mieli podobne. Ten z twojego snu Franz, a ten prawdziwy Franciszek. I obaj z blizną na policzku. I choć w aucie nie było mamy Moniki, tak jak w twoim śnie, to przecież ona wysłała krewnego po córkę.

– I nie pojechali do RFN, tylko na Śląsk – przypomniała Majka.

Tata Moniki wkrótce został zdegradowany i zmuszony do opuszczenia armii. Śląska rodzina byłej żony pomogła mu znaleźć pracę i zacząć nowe życie. Wspólne kłopoty zbliżyły rozwiedzionych małżonków, którzy ostatecznie znowu się ze sobą zeszli. W roku 1981 udało im się uzyskać paszport i wyjechali odwiedzić krewnych w RFN. Tam zastał ich stan wojenny, zamieszkali więc za granicą. I faktycznie bywali w Austrii. Jest więc możliwe, że pracownik obozu dla uchodźców mówił właśnie o Monice.

W RFN Monika przechodziła okres młodzieńczego buntu (coś z tego zostało jej do dziś, choćby w wyglądzie) i studiowała zoopsychologię. Zaangażowała się też w działalność na rzecz obrony praw zwierząt. Dziś pracuje w międzynarodowej organizacji prozwierzęcej i jest weganką (polubiłam ją za to jeszcze bardziej, o ile to w ogóle możliwe). Podczas jednej z akcji na rzecz praw zwierząt poznała swojego przyszłego męża, Kanadyjczyka. I jak już pewno się domyśliliście, przeprowadziła się z nim za ocean. Owszem, w międzyczasie bywała w Polsce, głównie jednak na Śląsku. Trzy miesiące temu miała sen, o którym opowiadał podczas *Spaceru po dzieciństwie* pan Franciszek, a co było dalej, to już wiecie.

– Jednego tylko nie rozumiem – wtrącił się Maks. – Czemu zakopała pani tę butelkę tak głęboko? Przecież wiadomo było, że dziesięcioletnia dziewczynka, jaką wówczas była pani Ania, sama jej nie wykopie.

– Nie wiem. – Pani Monika się zadumała. – Sama byłam wówczas dziesięcioletnią dziewczynką, w dodatku bardzo zestresowaną i żyjącą w świecie pełnym tajemnic. Nie myślałam racjonalnie. Chciałam ukryć wiadomość jak najlepiej i przesadziłam, co zresztą i tak nie miało znaczenia, bo przecież z powodu nagłego wyjazdu nie zdążyłam przekazać Ani mapki.

Kiedy słuchałam tych wszystkich opowieści, przyszła mi do głowy taka oto myśl. Jakie to dziwne, ze gdzieś w tle za beztroskim w gruncie rzeczy dzieciństwem pani Ani, spędzonym na łażeniu po drzewach i zabawie w lwie antylopy (wiele razy zazdrościłam jej tych wszystkich niesamowitych zabaw), działy się takie straszne rzeczy. Aż trudno mi było te dwie sprawy ze sobą pogodzić.

Kiedy wychodziliśmy od Chudego, przyjaciółki z dzieciństwa wciąż rozmawiały ze sobą przez Skype'a. Nic dziwnego, musiały nadrobić czterdzieści lat rozłąki.

Epilog

Od opisywanych tutaj wydarzeń minęło już trochę czasu, warto więc dodać parę zdań na temat tego, co wydarzyło się potem.

Przyjaciółki z dawnych lat, jak się domyślacie, spotkały się w realu. Ponad pięćset kilometrów odległości między Montrealem i Toronto nie stanowiło dla nich najmniejszej przeszkody. Od tej pory są ze sobą w stałym kontakcie, a w przyszłym roku zamierzają nawet przylecieć razem do Polski. Podobno mają przygotować jakiś projekt artystyczny w imię sprzeciwu wobec przemysłowej hodowli zwierząt. Dawniej uwalniały złapane do słoików traszki, a teraz chcą uwolnić trzymane w strasznych warunkach zwierzęta hodowlane.

Co do Jacka... też dzieli nas odległość ponad pięciuset kilometrów, a jednak żadne z nas jej nie przemierzyło, bo nie dotrzymał obietnicy i nie przyjechał w wakacje do Warszawy. Aż się zdziwiłam, jak mało mnie to obeszło. Ale i ja nie miałam okazji (i chyba również potrzeby), żeby wybrać się do Szczecina. Od czasu do czasu wymieniamy esemesy lub zahaczamy się na Fejsie, ale w tej chwili już chyba żadne z nas nie liczy na nic więcej.

I wreszcie... najważniejsze: mam siostrę! Jaśmina ma pół roku, umie turlać się po podłodze, sama siedzi i uwielbia ssać palec u nogi. Na mój widok śmieje się od ucha do ucha, woła „lu, lu, lu" (co moim zdaniem jest skrótem od Łucja) i wyciąga rączki. Mówię na nią Minka-Jaś-Minka, bo robi świetne miny i mogłabym napisać na jej temat całą książkę, ale teraz muszę już kończyć, bo właśnie przyjechał tata, a ja wybieram się do niego na weekend. Jak dobrze, że wróciłyśmy z mamą do Warszawy!

POSŁOWIE

Spędziłam dzieciństwo na Rakowcu. Z miejscem tym związanych jest wiele ważnych dla mnie osób, którym – korzystając z okazji – pragnę wyrazić wdzięczność.

Mamie – Elżbiecie Suwalskiej, która poświęciła mi wiele czasu podczas pisania tej książki, chcę podziękować za nieustające wsparcie i miłość.

Tacie – Bogdanowi Suwalskiemu, i bratu – Pawłowi Suwalskiemu, dziękuję za to, że byli w moim życiu, i za całe dobro, które od nich dostałam. Nigdy nie przestanę o Was myśleć.

Ani i Magdzie – przyjaciółkom z dzieciństwa – jestem wdzięczna za przygody i magiczne chwile, których razem doświadczyłyśmy. Choć ani moje, ani ich życie nie przypomina losów dorosłych bohaterek książki, to opis ich dziecięcych zabaw wzorowałam na naszych pomysłach – zabawach w lwie antylopy, uwalnianiu traszek, wyprawach do „okrągłych domków", zbieraniu „bursztynów" czy odwiedzinach w Galerii Grzmotów. Nasza dziecięca wyobraźnia i zdolność dostrzegania cudowności w tym, co zwyczajne, sprawiły, że warszawski Rakowiec stał się dla mnie najbardziej niezwykłym miejscem na świecie.

Niezależnie od mojej nostalgii związanej z Rakowcem osiedle to obiektywnie ma bardzo ciekawą historię, o czym dowiedziałam się, zbierając materiały do książki. W tym miejscu chcę podziękować pani Izabelli Maliszewskiej z Muzeum Warszawy za sympatyczną współpracę i wsparcie merytoryczne. Pragnę także bardzo podziękować Kasi Piętce za opiekę nad serią *Wtajemniczeni* oraz Marcie Krzywickiej za piękne ilustracje.

W książce pojawia się koci wątek zainspirowany idealnym (dzięki trosce jednego z opiekunów społecznych) życiem pewnych piwnicznych kotów. Wielokrotnie podziwiałam wylegujące się na trawie piękne i zadbane futrzaki. I takie też są koty w mojej książce. Nie miałam wówczas świadomości, z jakimi problemami musi się mierzyć wiele osób dbających o koty wolno żyjące. Dlatego pragnę wyrazić dla nich swój podziw. Warto dodać, że ci opiekunowie społeczni sprawują nad kotami opiekę w imieniu gmin, na które prawo nałożyło obowiązek zajmowania się tymi zwierzakami, a ich troska zwykle nie ogranicza się do karmienia. Starają się też o to, by koty nadmiernie się nie rozmnażały, i w razie potrzeby zabierają je do weterynarza.

Dziś, bogatsza o nowe doświadczenia, pewnie poprowadziłabym ten wątek inaczej. Może to jednak dobrze, że w książce pojawiła się nieco idealistyczna wersja, w którą doskonale wpisuje się moja *licentia poetica* na ogródek pełen „kocich" traw. Nie spotkałam się z taką praktyką (i być może jest ona zupełnie niepotrzebna), widziałam natomiast zakładane i pielęgnowane przez kocich opiekunów ogródki, nasadzone ozdobnymi krzewami i urozmaicające monotonię przyblokowych trawników.

Pamiętajcie, że wszelkie zakazy i utrudnianie dokarmiania kotów wolno żyjących są sprzeczne z prawem. Gorąco też Was zachęcam do okazywania życzliwości zarówno kocim sublokatorom, jak i ludziom, którzy podjęli się trudu dbania o nich.

I na koniec chciałabym serdecznie zachęcić tych, którzy mieszkają w Warszawie lub ją odwiedzają, by z książką w ręku spróbowali odbyć opisany w niej *Spacer po dzieciństwie*. Warto też poszukać magicznych miejsc w swoim najbliższym otoczeniu.

Autorka

PODPISY DO ZDJĘĆ I RYSUNKÓW

s. 7 – Budynek z wielkiej płyty, Warszawa.

s. 10 – Kadr z filmu *Barwy ochronne*, reżyseria Krzysztof Zanussi, 1976 r.

s. 15 – *Pozdrowienia z Alej Jerozolimskich*, czyli warszawska instalacja Joanny Rajkowskiej, stojąca na rondzie de Gaulle'a od 2002 r.

s. 31 – Kadr z amerykańskiego serialu westernowego *Bonanza*, emitowanego w polskiej telewizji w latach 60. i 70.

s. 58 – Godło PRL, orzeł bez korony; Europejskie Centrum Solidarności, Gdańsk, 2014 r.

Tadeusz Kościuszko (1746–1817), kolorowa reprodukcja stalorytu autorstwa Antoniego Oleszczyńskiego, XIX w.

s. 63 – Milicjant z kordonu otaczającego budynki Wyższej Oficerskiej Szkoły Pożarniczej podczas strajku okupacyjnego studentów, Warszawa, 1981 r.

Milicyjny polonez i nysa na Krakowskim Przedmieściu podczas rekonstrukcji wprowadzenia stanu wojennego, Warszawa, 2007 r.

s. 64 – Dzieci na trzepaku na warszawskim osiedlu Stegny, 1988 r.

s. 99 – Ryszard Jerzy Kukliński (1930–2004).

s. 100 – Generał Wojciech Jaruzelski podczas ogłaszania stanu wojennego w Polsce, 13 grudnia 1981 r.

s. 116 – Zawieszka NSZZ Solidarność z okresu PRL.

s. 124 – Protest radomskich robotników przeciwko polityce rządu PZPR, podpalony budynek KW PZPR, Radom, 25 czerwca 1976 r.

ZOMO na manifestacji Solidarności we Wrzeszczu.

s. 126 – Festiwal rockowy, Jarocin, 1986 r.

s. 132 – Obrady Okrągłego Stołu, Warszawa, 1989 r.

s. 136 – 11. Marsz Autonomii Śląska zorganizowany przez Ruch Autonomii Śląska, Katowice, 2017 r.

s. 143 – Kadr z serialu telewizyjnego *Samochodzik i templariusze*, reżyseria Hubert Drapella, 1971 r.

s. 152 – Zamieszki studenckie, Warszawa, marzec 1968 r.

s. 155 – Okładka wkładki paszportowej wielokrotnej.

s. 176–177 – Kadry z serialu telewizyjnego *Czterej pancerni i pies*, reżyseria Konrad Nałęcki, 1966 r.

s. 180 – Stanisław Pyjas (1953–1977).

s. 182 – Socrealistyczna płaskorzeźba na budynku przedstawiająca uroczystość otwarcia Marszałkowskiej Dzielnicy Mieszkaniowej w 1952 roku, Warszawa.

s. 195 – Edward Gierek (1913–2001).

SPIS TREŚCI

Wydawnictwo NASZA KSIĘGARNIA Sp. z o.o.
02-868 Warszawa, ul. Sarabandy 24 c
tel. 22 643 93 89, 22 331 91 49
faks 22 643 70 28
e-mail: naszaksiegarnia@nk.com.pl

Dział Handlowy
tel. 22 331 91 55, tel./faks 22 643 64 42
Sprzedaż wysyłkowa
tel. 22 641 56 32
e-mail: sklep.wysylkowy@nk.com.pl
www.nk.com.pl

Książkę wydrukowano na papierze
Lux Cream 90 g/m² wol. 1,8.
ZiNG

Redaktor prowadzący *Katarzyna Piętka*
Opieka redakcyjna *Magdalena Korobkiewicz*
Redakcja *Sylwia Sandowska-Dobija*
Korekta *Malwina Łozińska, Małgorzata Ruszkowska,*
Magdalena Szroeder
Korekta techniczna *Agnieszka Czubaszek-Matulka*
Opracowanie DTP *Wojciech Jachimowicz*

ISBN 978-83-10-13410-3

PRINTED IN POLAND

Wydawnictwo „Nasza Księgarnia", Warszawa 2019 r.
Wydanie pierwsze
Druk: Zakład Graficzny COLONEL, Kraków